JN084513

転生したら捨てられたが、拾われて楽しく生きています。 2

ミリー
本作の主人公。
快適な異世界生活のため、
魔法チートを生かしつつ
数多のレシピを再発明中。
相変わらず美味しいものに
目がない。
マリッサ
ジョーと共に『木陰の猫亭』を
営むミリーの養母。第二子の
ジークも生まれ、猫亭の仕事に
子育てに大忙し。
ジョー
マリッサと共に
『木陰の猫亭』を営む
ミリーの養父。快活な性格で
家族思い。ミリーと共に
レシピ開発に勤しむ。
ジーク
ジョーとマリッサの間に
生まれたミリーの弟。
姉のミリー同様、
美味しいものに目がない。
登場人物紹介

ミカエル
エンリケの部下で今回、
ミリーの菓子店オープンの
手伝いをする。
可愛いものが大好きで、
特にマカロンを偏愛中。
エンリケ
東商業ギルドの
ギルド長でマリッサの祖父。
抜け目のない商人で
ミリーの才能を見抜く。
マリッサを溺愛している。
ロイ
アズール商会の若き会頭。
ミーナとは昔馴染みで上司。
王太子・レオナルドとも交流があり、
ある密命を受けるが……？
ミーナ
魔力探知能力に優れる、
ロイの優秀な部下。
ロイの問題発言に
冷静にツッコミを入れる様は
夫婦漫才と言われる。

変わりゆく日常

木陰の猫亭がリニューアルオープンして一週間が経った。

猫亭での仕事は以前とは変わらないのだが、食堂が広くなった事でお客さんも増えた。

ランチ時は厨房と食堂を中心に忙しくお手伝い。一緒に働くネイトの妹のケイトはさすが満腹亭というブラックな食堂で働いていただけあり、客捌き（きゃくさば）きだけでなく要領もいい。ネイトたち――スミス家のきょうだいは優秀だ。ちなみにスミスとはネイトたちの名字だ。

忙しかったランチの時間が終了し、後片付けを終え全員が席に着くと、ジョーが今日の従業員用のランチをテーブルに並べる。

「みんな、お疲れ。さぁ、遠慮せずに食え食え」

今日のランチはササミチーズフライ定食とブルのシチュー定食だった。従業員はどちらも食べる事ができるから得だ。

お腹がペコペコだった全員が一斉に大皿に載った料理を取り分け口に運ぶ。

みんなが食べる姿を笑顔で眺めながらジョーがケイトに声をかける。

「どうだ、仕事は慣れたか？」

「はい、旦那さん。ここは働きやすく、お客さんはみんな優しいです」

「そうか、それはよかった。それで、今後は夜のシフトにも入ってほしい。代わりにもう明日から朝は入らなくて大丈夫だ」

「分かりました。旦那さん」

朝食は一種類のみで、トレーを運んでお金を受け取るだけの作業だ。朝は、主に宿の利用客ばかりだから朝食の注文数もランチに比べれば少ないのでケイトが朝のシフトから抜けても大丈夫だろう。

「僕もお手伝いしたいです」

静かに一緒にランチを食べていたマルクがジョーを見上げ言う。

「お？　マルク、急にどうしたんだ？」

「ミリーちゃんも五歳からお手伝いしてると聞きました。僕もお手伝いさせてください」

「うーん。俺は構わんが、お前の兄ちゃんには話したのか？」

「それは、まだ……」

「兄ちゃんと話し合ってからまた聞きにこい」

ジョーがマルクの頭を撫でながら宥めるように言い、隣にいるケイトもマルクを説得する。

「そうだよ、マルク。今夜にでもお兄ちゃんと話しよ。ね？」

マルクが分かったと返事をしながら小さく頷く。

最近やたらと仕事の話を尋ねてくると思ったら……そんな事を考えていたんだね。まぁ、家業のある家のお手伝いは五歳からみんなしている。そうでなくとも家事や洗濯の手伝いは幼いころからみんなしているし、マルクもそれを見ているから、手伝いの申し出をしたのだろう。

夕食の仕込みの手伝いを終わらせマリッサとジークの世話を交代。マルクに勉強を教えながらジークをあやす。ジークはハイハイを始めてからプクプクだったボディが少しスマートになった。活発になった分、もう少し食事の量を増やしたほうがいいのかな？

行動範囲も以前よりうんと広がった。どこでもつかまり立ちをしようとしたり、なんにでも突進したりするようにもなった。手の力が強くなった事でなんでも握り、口の中に入れたりしようとするので目が離せなくなった。保護リュックを背負っているので後ろに転んでも大丈夫なのだが——

「うんぎゃあああああ！」

ジークが顔から床へダイブしてオデコをぶつけ叫ぶ。

あー。今日もやっちゃったか。一度泣き出したらしばらくは止まらない。大粒の涙で泣くジークをあやす。

「ジーク、痛いの痛いの飛んでけー」

こっそりとジークのオデコにヒールをかける。急に痛さが消えたジークがキョトンとした顔でこちらを見上げる。

「あう。あむ。あー」

訳したら、なんでだ！　痛くないぞ！　と言っているようだ。

ジークはまだ言葉を話す事はできないが、人差し指を唇に当てジークに囁く。

「ジーク、内緒だよ。ねぇねとの約束ね」

「あぅあ」

◆

今日は商業ギルドを訪れる。レシピ登録を始めて十か月経った。

登録販売したレシピの売れ行きは順調。お金は以前よりも貯まっているだろうと思う。商会に関する事はジョーがやってくれているので詳細までは分からない。

ケチャップはオークカツを購入した中央街の同じ店が販売契約を済ませたそうだ。ぐへへ。

ジョーとマリッサはレシピのお金はミリーが使いなさいと手をつけない。私も利益を使って投資とか商売をして成り上がるぜ！　みたいな野望など今はないので、とりあえずお金は貯めている。

それに……税金も結構高く前世のような所得控除などは存在しないらしい。

お金もあるので、いつか砂糖は買いに行く予定だけどね。

砂糖の事を考えながらぐふふとニヤつく。

「お主、何をニヤついておるのだ」

ギルド長の爺さんが呆れながら尋ねる。

「お菓子について考えておりました」

「……そうであるか。フェイトはどうであった？」

「天にものぼれる味でした」

絵を描く前金として爺さんに貰った、フェイトという金平糖のようなお菓子を思い出し再びニヤニヤと笑う。

「くく。それほどに気に入ったか。して、肖像画の件は覚えておるな？」

「はい。大丈夫ですよ。ちゃんと約束は守ります」

「うむ。可能なら今週中にでも描いてほしいのだが……マリスたちから画師がお主と分からんようにするやり方をまだ決めていない」

私だと分からないようにか。向こうからは見えないが私からは見える環境……ちょうどいい覗き部屋があるのを思い出し思わず、あっと声を上げてしまう。

「ん？　なんだ？」

「うーん。一応、方法が一つだけあるのはあるんですけど……」

「ほお？　方法とは？　言ってみろ」

「第二応接室ですよ」

「あそこがどうした？」

これは、覗き部屋の件は知らない感じなのかな？　まぁ、私も別にあそこを秘密にしても何も得はないので爺さんに教えるのは問題ないのだが……

「教えてもいいんですけど、怒らないと約束してください」

爺さんが訝しげな顔をしながらこちらを睨む。怖いって！

「うむ……分かった。怒らないと約束する」

「本当ですよ？」

「二言はない」

爺さんの顔が怖いので念のためにもう一度聞いておく。

「……本当ですか？」

「しつこいぞ。怒らないから早く言え」

本当かな？　やや不安だが、爺さんを例の裏側へと行ける歪みのある壁へと連れていく。

――が、歪みまで身長が足りず手が届かない。

飛ぶ魔法は使えないので、爺さんをジィっと見上げる。爺さんに頼むか。

「なんだ、その顔は？」

「私を抱き上げてください」

爺さんは一瞬躊躇したが、仕方ないなと私の両脇を持ち上げる。

「これでいいのか？」

「ありがとうございます。でも、もう少し右です」

「ここか？」

「はい。えーと、今から押される感覚がありますが、私を落とさないでくださいね」

「ああ。ん？　押される感覚？」

壁の仕組みがどのような原理か分からないので説明しようがない。クルンを感じれば爺さんも分かるだろう。壁紙の歪みを押すと、壁は以前と同じようにクルンと回って私たちを反対側、壁の裏へと運んだ。

初めて地面に転がらずこの仕掛けを通る事ができ感動する。

爺さんが私を持ち上げていた手に力を込めながら尋ねる。

「こ、ここはどこだ？」

「下ろしてください」

ジタバタと暴れたので床へポイされる。

ライトを唱え、奥の部屋へと案内しようとしたら爺さんが焦ったようにやや大声で怒鳴る。

「おい！　ここはどこだ？」

「えーと。壁の裏側ですかね？」

「裏側？　隠し通路か！　お主はいつからこの事を知っておったのだ!?」

ライトで下から照らされた爺さんの顔がもうホラーでしかない。

「怒らないと約束したじゃないですか！」

「うむ……怒ってはおらん。びっくりしただけだ。で、ここがなんだというのだ？」

「こちらです。見たら理解すると思います」

爺さんを第二応接室が見える、シガールームと私が勝手に呼んでいる部屋へと案内する。

こちらからのみ見えるマジックミラーに映る応接室には人がいて、契約書が取り交わされているようだった。

爺さんが驚愕の表情で鏡に映る応接室を眺める。

「こ、これは……。ここは第二応接室か？　この位置なら壁にある絵が魔道具なのか」

「そうなんです。偶然見つけて私もびっくりしました。声は聞こえないんですけどね」

「防音と魔力漏れを防ぐ魔法が各部屋に施してあるからな。だが、これが壁の一部で監視用の魔道具なら防音の魔法を施す意味はないな」

「魔力は防げていないですよ。この前、魔法を使用した時に応接室の人に気づかれましたから」

爺さんがゆっくりと振り向きジト目を向けてくる。

「いつ？　誰にだ？」

「アズール商会のお姉さんがギルド長とお話をしていた時です」

「ああ、あの時か。それで、ミーナ嬢は不自然に壁の絵の話を持ちだしたのか。彼女は魔力の感知能力に長けていると聞くからな」

爺さんが何やら鏡の端でもぞもぞとしだす。

「そんなに魔力に鋭いのですか？」

「まぁ、他よりも敏感という話だ。うむ……これはやはり魔道具だな。このような大きな物は久しく見ていなかったが」

爺さんが私の見落としていた鏡の端の内側にあるスイッチを押すと、第二応接間の声がシガールームにも聞こえ始めた。

「これは、完全に覗き部屋ですね」

「このような物があるとは前のギルド長はひとことも言っておらんかったぞ」

「知らなかったという可能性もありますよ。そこの壁に地図や名前が書いてあるんですが、古くてインクが擦れているし、虫食いにもあってます」

「ああ。これか、よく見えんな」

爺さんが地図のある壁に向かいライトを唱えかざしたが、出ているのは豆電球ほどの灯りだ。ぼんやりとしか見えない。

「デカライト」

ライト十個分のオリジナル魔法デカライトを唱えると、爺さんが驚いて一歩下がる。

デカライトのおかげで地図のある壁はよく見えるようになった。応接室にいる人たちはアズール商会のお姉さんとは違い、特に魔法には気づいていない。

「なんだ、それは……」

「よく見えるでしょ？　デカライトです」

「『デカライトです』ではないわい。お主の魔力はどうなっておるのだ」

「秘密です」

爺さんがため息をつきながら壁にある名前の確認を始める。

「これはまた随分と古いな。読めない箇所も多いが、このエグモント・カレラは商業ギルドを建てた人物だ」

「この覗き部屋も当初からあったんですかね？」

「覗き……うむ、可能性は高い。しかしこれならばクリスに知られず肖像画が描けるな」

爺さんがニヤっと笑いながら私に視線を移す。私も、もちろんそのつもりで爺さんをこのシガールーム改め覗き部屋に連れて来た。けれど、ここで作業となると問題がある。

「まぁ、先ずは掃除ですね。絵を描く間、ここに滞在するなら綺麗にしたいです」

「ふむ。しかしあまり人を入れたくないな。覗き見をしているなどと他言されたらギルドの信用にも関わる。そうだな、お主は掃除が得意であったろう？」

清々しい笑顔を向ける爺さんを見上げ、作り笑いをしながら返事をする。

「ワカリマシタ」

結局、私が立候補（？）し、覗き部屋でクリーンを連発。無事掃除が完了した。

爺さんのひ孫のクリスは魔力が高いので、念のためにライト等の魔法は使わない事にした。ランプの魔道具などを爺さんが準備している内に肖像画を描く日になった。

第二応接室で爺さんがマリスとクリスに画師を紹介するのを覗き部屋から眺める。

「こちらが画師の先生だ。姿を見せたり会話をしたりするのを好まない御仁であるので、その様にくれぐれも頼む」

画師に扮するのは爺さんの秘書のミカエルさんだ。真っ黒のフードマントに全身を包み、白い仮面を被っている。どう見ても怪しい人。

ミカエルさん、こんな事までさせられて……ちゃんと特別手当とか貰っているのかな？

「よ、よろしくお願いします。私はローズレッタ商会のマリスと申します。こちらが息子のクリスです」

マリスが画師の異様な姿に困惑しながらも丁寧に挨拶をしながらクリスを紹介したが、クリスはマリスの手を振り払い、前回と同様の生意気な態度をとる。

「さわんな」

「クリス、じっと座っている事くらいできるだろう。画師の先生が描き終わるまで大人しく座っていればお前の欲しい情報をやる約束を忘れるな。これは取引だ。いいな？」

「……分かってる」

何かしら親子で取引をしたのだろうか。商人の一家らしい。

爺さんとマリスが退室すると、クリスはマジックミラーの近くに座り、ミカエルさんは絵を描くふりをしてスタンバイする。

「先生、本日はよろしくお願い致します」

急にクリスが立ち上がりミカエルさんに一礼する。

（あれ？　クリスって爺さんや父親以外は礼儀正しいの？）

いや、コイツは私のクッキーを盗み食いした奴だ。とにかく今は絵に集中しよう。

しばらく絵を描く事に集中していたら、予想より早く肖像画が仕上がった。

（これは、一番の出来じゃない？　いい感じに仕上がった）

マリッサたちの絵を描いた時より綺麗に描けたのは、紙や鉛筆の質も関係しているのかな？　これなら爺さんも満足するだろう。

クリスは黙っていれば美少年だ。肖像画はお見合い用だと聞いている。この美少年っぷりだったら相手の女の子もうっとりだね。

しかし十一歳でお見合いとは。この国でも早い方だと思う。東区の住人では非常識だといわれる年齢だが富裕層や貴族はまた事情が違うのかもしれない。前世の私は二十代の終わりに初めてお見合いパーティに参加した。ケーキの有名店を貸し切って行われると聞き、それに釣られて参加。ケーキを食べていたらいつの間にかパーティは終わってた。後日友達に「お前はケーキバイキングに行ったのか⁉」と叱られたのが懐かしい。

「できたか？」

約束の時間になり爺さんが覗き部屋にやって来る。マリスには別件の仕事を押し付けたという。息子には反抗的な態度をとられ、祖父には仕事を押し付けられるマリスに少しだけ同情した。

「はい。よい仕上がりだと思いますが、どうですか？」

「上出来だ。素晴らしい。クリスの奴も黙っていれば良い顔立ちをしておるな。計画通りにクリスが第二応接室を退室したら、絵をミカエルに渡せ」

「了解であります！　隊長！」

手を上げ元気に答える。

爺さんが、第二応接室に向かいクリスを呼びだそうとするが、言い合いになる。

「あーあ。また喧嘩してる」

あの二人、実は似たもの同士？　ギャーギャーと喧嘩をしながら第二応接室から二人が退室する。

フー、やれやれとひと息つきクルンと壁を回し床に転げる。

「ミリー様！　大丈夫ですか？」

どこからともなく出て来て転んだ私をミカエルさんが抱き起こす。

「大丈夫です。ミカエルさんこちらが絵です。よろしくお願いします」

「本当にミリー様が描かれていたのですね。素晴らしい絵です。ありがとうございます」

「いえ、ミカエルさんこそ大変ですね」

「仕事なので……」

——違うと思います！

◆

マリスはクリスの肖像画を見て大変喜び、私は代金として小金貨五枚を貰った。私、この世界で画師として生活が成り立つんじゃない？

帰りにギルドの入り口でマリスとクリスを見かける。ジョーはすぐに二人に気づいたが、何も言わずに私を抱っこして早足でギルドを出た。

リンゴ狩りじゃあああ。

またリンゴの美味しい季節がやってきた。マイクの父親のゴードンさんに連れられ森へと来ている。

「ミリー、今日こそ俺が勝つからな」

マイクが途中で拾った棒を振り回しながら宣言する。

「是非とも頑張ってくれ、少年」

「くっ。今回は蔓を使うのはなしだからな」

前回、私が蔓を使ってリンゴ狩り勝負に勝った事を未だに根に持っているようだ。

「マイク君は遂に普通に勝負しても勝てないと気づいた？　まぁ、今回は蔓はナシとします」

「うるせぇよ」

マイクがプンスカ怒りながら前を歩く。今回は蔓を使う予定ではなかったので問題はない。

早速、リンゴの木を発見したマイクが走り出し、我先と実を摘み勝ち誇った表情で声を上げる。

「ミリー見ろよ！　もう五個取ったぞ」

おうおう……下からあんなに引っ張って。リンゴってのはね、下から引っ張っても取れにくいんだよ。上にあげないとね。

風魔法で固定したリンゴを棒で捻りあげるとなんの抵抗もなく収穫する事ができた。コツを掴めば次々と楽に採れる。風魔法を使ってるけど……マイクも土魔法で踏み台を出してるしね。これくらい、いいよね？

さて、採れたリンゴは去年より三個多い二十八個。今年のリンゴはどれもサイズが去年よりも大きい感じがする。それでも北部から仕入れているだろう果物屋で売られているリンゴよりも一回り小さい。今年は柘榴(ざくろ)が見つかりそうにないし、リンゴが多くても持ち帰れそう。

「ミリー、二十五個だ。どうだ？」

「もうちょっとで賞だね。こっちは二十八個だよ」

「三個差かよ！　でも、前より近づいてきてるからな」

マイクは悔しそうに私の籠(かご)をみたが、三個という小差に少し誇らしげだ。

「うんうん。その内に抜かされそうだわ」

リンゴ勝負が終了した後、ローズマリーやセージなどのハーブ類も発見したので籠(かご)に入れる。そろそろ帰ろうかという時に魔物避けの鈴の音が鳴り響いた。

「マイク！　ミリーちゃん！　魔物かもしれないから下がれ」

ゴードンさんが声を押し殺し私たちを背に隠す。茂みからガサガサと何かが動く音がして緊張が走ったが、現れたのは立派な角を持った鹿だった。鹿はジッとこちらを見てすぐに走り去って行った。魔物じゃないよね？

「ゴードンさん、あれは普通の鹿なの？」

「そうだね。鹿にはできるだけ害を与えないようにしないといけないんだよ」

「そうなの？」

「そうだ。バルティ様の化身かもしれないからね」

ああ、そうだった。バルティ様が地上に堕ちて鹿となり未だにこの世界を彷徨(さまよ)っているという設定だったね。互いに害を与えない存在ならばそれでいい。

帰り道にグミの木を発見したのでマイクと大興奮でその熟した実を幾つか口に入れ、残りを袋に入れる。アキグミなのか熟していない実は渋く、マイクがいくつか間違えて食べ、ペッと地面に吐き出していた。前世でもグミの実は田舎の子供のおやつだったね。


無事に森から帰宅。マイクたちと別れ元気よくただいまと声を上げ猫亭に入ると、カウンターにいたマリッサに出迎えられる。

「ミリー、おかえりなさい。あらあら、こんなにたくさんリンゴを採ってきたの？　食べ切れるかしら？」

「お母さん、そんな心配はしなくても大丈夫だよ。絶対、全部食べられるよ。リンゴチップスにもできるしね」

「食いしん坊ね」

厨房に向かいジョーにも帰宅の声をかける。

「お父さーん。帰ったよ。今年はリンゴが二十八個も採れたよ。あと、ローズマリーとセージとグミの実があったから料理に必要ならいくつか取っていいよ。それと、今回はいつものパイとはちょっと違うリンゴのデザートが作りたいの」

「お？　そうなのか。分かった。じゃあ、後で一緒に作るか」

「うん」

今回はリンゴで作りたい菓子がある。タルトタタンだ。砂糖なしでもできるんだが……今、私の猫の財布には小金貨が五枚入っている。肖像画の代金だ。これを使って砂糖を購入したい。

クリスの絵を描いた事は爺さん、ミカエルさんと三人の秘密だ。なので、ジョーとマリッサにはお金を持っている事はまだ言えていない。レシピのお金もあるのだけれど……ジョーがいないと引き出しできないだろうしね。さて、どう誤魔化そうかな。

（とにかく、早く使うか貯めるかしたい）

子供用の猫財布に日本円で五十万ものお金が入ってると思うと気が気でない。猫の財布は首からぶら下げているのだが、一日に何度もお金がちゃんと入っているかを確認してしまう。

四階の部屋に戻ると、ジークを抱っこしたマルクが嬉しそうに出迎えてくれる。

「ミリーちゃん、おかえり！」

「マルク、ジーク、ただいま。今日の食堂は忙しかった？」

「朝はそうでもなかったかな。でも昼は忙しかった。僕は片付けだけだったけどちょっと疲れちゃったかな」

そう、マルクもついに猫亭でお手伝いを始めた。今は週二回だけのシフトだがそのおかげで私は今日、朝から森へ行く事ができた。

「今日は、リンゴを二十八個も採ったからあとでお父さんにパイを作ってくれるようお願いしたよ。

それから、これはおやつに食べて。グミって実だよ。熟しているのは美味しいから」

袋から一番熟したグミの実を出してマルクに数粒分ける。

「わーい。ありがとう！　パイも楽しみ！」

「あーあー」

「んー。ジークにはグミの実はまだちょっと早いかな。あとでアップルソースを作ってあげるから、今は我慢してね」

夕方までジークの世話をしてマルクに勉強を教えた。マルクには四則計算を徐々に教え始めてもいいかなと思ってる。来年からと考えていたが、マルクは頭が良くスルスルとなんでも知識を吸収するので大丈夫だろう。

「マルクも食堂で働き始めたし、そろそろ計算のお勉強を始めようか？」

「本当!?　お兄ちゃん、計算が苦手だから僕が勉強して教えてあげたいんだ」

マルクがキラキラとした目を向けてくる。確かにネイトは計算が不得意なので、食堂では夜の配膳を手伝うに留まっていた。

「あうーあー」

ジークが大きな声を上げ椅子を掴みながら自分の存在をアピールする。

「ジークにはまだ計算は早いよ。でも、そろそろ本格的につかまり立ちしそうだね。ジークも成長してるよ。このこの～」

プニプニと頬をつつくとキャッキャとジークが喜ぶ。

爺さんは何をモタモタしてるんだか。早く会わないとジークがどんどん成長してしまうよ。もういっその事今度、商業ギルドにジークを連れて行こうかな？

◆

数日後、前日にジョーと共に作った砂糖なしタルトタタンを大皿に載せひっくり返すとリンゴの宝石が現れた。

「これは見栄えもいいが、普段のパイとは違う生地部分がいいな。タルトだったか？　ミリー、よく考えついたな」

ジョーに褒められ、エヘへと笑うが、これは前世のタタン姉妹が考えたパイの一種のタルトタタンだ。考えたというよりも失敗の副産物だ。でも、確かに美味しい。もちろん、砂糖を使ったほうがもっと美味しくはなるだろうけど、ジョー特製のタルト生地と焼き加減がいいのかもしれない。

「お父さん、また腕をあげたんじゃない？　凄く美味しいよ」

「おう！　ありがとうな」

ジョーが照れながらランチの準備に戻る。

「今日もランチは忙しくなりそうだね」

「ありがたい事だな。今日は、トマトソースパスタとオークカツだ。ミリーも手伝ってくれるか？」

「もちろん！」

今日はオークカツの日か！　オークカツは週三回ほど、ランチの時に提供している猫亭の看板料理だ。オークカツ……何年食べても飽きない。オークカツソースもリピーターの客なら必ず付けるほどのアイテムになっている。

ランチの時間になると次々と客が入る。ケイトの活躍がなければ少人数で店を回すのは無理だったと思う。今日はケイトと私、それから片付け要員のマルクが働いているがとても忙しい。

ランチの忙しさが徐々に収まり、そろそろ終了かなとテーブルを片付けていたら表に二人のお客さんの影が見えた。

「いらっしゃい……ませ」

(げっ。クリスじゃん)

なんで、ここに来ているの？　西区の住人だよね？　クリスに私の顔は割れていないから大丈夫だけど、マリッサに会いに来たのかな。クリスの隣には少し年上の従者っぽい青年もいる。

「お二人様ですか？　奥の席が空いておりますので、そちらにお座りください」

「ありがとう」

クリスが今まで見た事もない爽やかな笑顔で返事をして従者と共に奥の席へと座ったので、注文を取りに行く。

「本日はパスタ料理のブルのトマトソースパスタかオークカツになります。いかがなさいますか？」

「オークカツとは中央街の店に出てる人気のメニューと同じ物なのか？」

二人が若干訝しげに互いに視線を交わす。二人とも、ここがオリジナルなんだからね！　と叫びたい気持ちを抑え笑顔で返答する。

「中央街にもあるのですね。こちらでも大変人気ですよ」

「ふむ。それでは、そのオークカツとトマトソースパスタをお願いする」

「小銅貨一枚でオークカツソースが付きますがいかがなさいますか？」

「ソースか。いいな。お願いする」

「かしこまりました。お水はセルフサービスとなっておりますのでよろしくお願いします」

クリスは爺さんたちの前とは別人のようだ。普通に話をする限り礼儀正しい子なんだけどなぁ。爺さんとのやり取りを見てるから生意気な子供という印象が強い。

注文の料理をマルクと共に運ぶ。トレーはまだ一度に一つしか運べないのだ。

「お待たせいたしました。こちらトマトソースパスタとオークカツ、それからソースですね。ごゆっくりお召し上がりください」

「クリス様、美味しそうですね。早く食べましょう」

クリスの従者の青年が目を輝かせて人懐っこい笑顔でトマトソースパスタを頬張る。

クリスもオークカツをソースに付け口に入れ数回咀嚼(そしゃく)して目を見開いた。

「ああ。確かに美味しい。このソースもよく合っている。中央街のより美味しいのではないかと思う」

（気が合うね。私も家のオークカツが一番だと思ってるから）

料理へのお褒めの言葉はありがたい。

残っていたランチのお客さんが帰り、食堂はクリスたちだけとなった。空になったクリスたちの皿を下げながら食事の感想を尋ねる。

「とても美味しかったよ。それでなんだが……」

クリスが何か言い掛けて止める。なんだろう？　従者に大丈夫だと宥められながら再びクリスの口が開く。

「あの、こちらにマリッサという方がいると聞いたのだが……」

「はい。この宿の女将さんですよ」

「そうなのか……今日は、店にいるのだろうか？」

やはりマリッサに会いに来たのか。クリスはマリッサの甥だとは知っているが、建前の質問をする。

「女将さんとはお知り合いですか？」

「えっと、昔お世話になったというか……あの、会う事は可能だろうか？」

「本人に聞いてきますね。少々お待ちください」

今、マリッサは四階にいるから、とりあえずジョーだな。

「お父さん、あそこのお客さんがお母さんに会いたいって言ってるよ」

「どこだ？　あれは……そうか、分かった。マリッサを呼んでくるから待っていてもらってくれ」

ジョーに呼ばれ、下りてきたマリッサの姿が見えるとクリスは泣き出しそうな顔をした。いや、すでに泣いてるな。

「マリッサ母さん。お久しぶりです」

「まあまあ。クリス、こんなに大きくなっても相変わらず泣き虫なのね。ふふ。でも母さんじゃなくてマリッサ叔母さんよ」

泣きながらクリスがマリッサの手を取り、頭を振る。

「いいえ、マリッサ母さんです」

マリッサは少し困った顔でクリスの頭を撫でる。

「マリッサ母さんがどこに行ったのか誰も教えてくれず、何年も会えず寂しかった」

「……そうだったのね。私もごめんなさいね。急に別れてから何年も会えなくて。でもね、ちゃんとマリッサ叔母さんって呼んでね。ここに来ている事は兄さんには伝えているの？」

マリスの話になるとクリスは少しムスッとした。

「マリッサ母さんのせいじゃない。それにあの人からここの場所を聞き出したから、行く事は知っていると思う」

ちゃんと両親と仲良くしているのかという質問を否定するかのように、クリスはマリッサから視線を逸らした。

「相変わらず頑固な子ね。でも、本当に成長したわね。会いに来てくれて嬉しいわ」

「マリッサ母さんは相変わらずお綺麗ですね」

「もう、お世辞まで言えるようになったのね」

クリス、頑固な性格もマリッサを気遣うところも本当に爺さんに似ているな。道理で爺さんとク

リスは互いが気に食わないんだ。結局は似た者同士なんだよね。

二人は少し立ち話をしたが、やがてリンゴのデザートの話になると、クリスたちにタルトタタンを出してもいいかマリッサが私に尋ねた。

「もちろん。準備するよ。お茶も用意するからゆっくり座って話をするといいよ」

ジョーにタルトタタンを切って貰い、お客様用の紅茶を準備する。ジョーは心配そうにクリスの話がなんだったか尋ねてきたが、会いに来ただけみたいだと答えると安心した表情を見せた。

「そんなに心配しないといけない事なの？」

「そんな事はない。俺もあとでクリスに挨拶するよ」

タルトタタンと紅茶の載ったトレーを運び三人の座る席に向かう。

「リンゴのタルトです」

「これは珍しい形だ。包まれてないパイは初めて見る物です」

クリスが商人の顔をしてまじまじとタルトタタンを観察する横で、マリッサが私の紹介をする。

「この子は私の娘のミリーよ。この子が森で採ってきたリンゴをジョーが焼いたのよ」

「この子が例の……初めまして。クリス・ローズレッタです。こちらは従者のニコラスです」

例の……と言い掛けた次の言葉が気にはなったけど、挨拶を返す。

「初めまして。ミリアナ・スパークです。お母さん、せっかくだからジークも紹介する？」

「そうね。そうしましょう」

家族を紹介するのならジークを仲間はずれにはできない。四階にいるジークを迎えに行く。

ジークは最近ではなかなか重たくなってきたので風魔法で抱え階段を下りる。テーブルではマリッサとクリスが楽しそうに談笑をしている。今の、穏やかな笑顔のクリスがあのギルドで騒いでたお猿さんと同一人物とはとても思えない。

爺さんやご両親との不和は簡単には解決されそうもない問題のようだし、マリッサとジョーとその両親も然り……人間関係は複雑だ。

「ミリー、戻ってきたわね。クリス、この子が息子のジークよ。もうすぐ九か月なの」

「あうあうぅー」

「ジークの従兄弟のクリスですよー。ミリーも座ってお話をしたらどうかしら？」

数年ぶりに再会した二人にはもっと積もる話もあるだろうからと、同席を遠慮する。

「私はまだ片付けとかあるから厨房に戻るよ。ジークのお気に入りの積み木だけ渡しておくね」

「そう？　分かったわ」

マリッサとクリスはその後も、会えなかった日々を埋めるかのように話し込んだ。途中、ジョーも挨拶(あいさつ)に向かった。ジョーとクリスは互いに顔見知りらしく、普通に会話しているように見えたが、時折見せるクリスのマリッサへの表情は本当に爺さんと瓜二つだった。ジョーへのツン度まで爺さんと一緒じゃなければいいけれど。

クリスたちの帰る時間になり、全員で二人を見送る事になった。

「マリッサ母さん。また会いに来てもいいでしょうか？」

「ちゃんと許可を取ってからだったらいつでもいらっしゃい」

「……はい。分かりました」

クリスと従者が店を出た後もしばらくマリッサは入り口を見つめていた。

ジョーは、ボソッと「本当に似てきたな」と独り言を漏らしながら厨房へと向かった。

誰に似たかとは言わなかったが、私もジョーと同意見だ。

◆

十の月になった。外は秋晴れで天気のいい日が続いている。こういう日はネイトが庭や屋上にシーツをよく干している。

そうそう、猫亭には広くはないが屋上がある。けれど、屋上には柵がないので子供の立ち入りは禁止されている。柵がないって……いざとなれば魔法で飛べるけど、普通に怖い。

ネイトは、干場が庭だけで足りない時には屋上も使うらしい。屋上から入る事のできる屋根裏部屋があると聞いたのでいつか探索する予定。

今月からマルクに計算を教えているが、これが考えていたより難しかった。自分には当たり前な事を他人に一から教えるのがこんなに難しいとは……とりあえず、今はマルクには数字を覚えてもらっている。計算の概念を理解したらドリルでも作るかな。

「ミリー、ランチが終わったらまた商業ギルドに行くぞ」

「なんだか日課みたいになってきてるね」

最近はレシピ登録のために頻繁に商業ギルドを訪れている。

「登録したいレシピが多いしな。仕方ない事だが、一つ一つ審査されるから登録に時間が掛かるんだよな」

「今日は、ジークもつれて行っちゃダメ？」

「そうだなぁ。離乳食になったが、どうだろうな。二、三時間ならいいがそれ以上になるかもしれないからな。もうちょっと大きくなってからがいいだろ」

「そうだよね。分かった」

爺さんに早くジークを披露したいという姉バカが出てしまった。ジョーの言っている事が正論だ。まだ、ジークに長時間の外出は無理だ。

準備をして商業ギルドに向かう。

商業ギルドに到着すると、ジョーはレシピ登録へ、私はいつもの爺さんの執務室に通される。

「きおったか」

「呼ばれて登場！　ミリーちゃんです」

「遂におかしくなったか」

「……失礼な」

爺さんがフッと笑いながら黒い箱を棚から出す。

「今日はクッキーではない別の物がある。それでも食って大人しくしておけ」

箱を開けると四角型の白と茶色の菓子が出てくる。

（こ、これはヌガーか！）

白と茶色のヌガーを両方取り一口ずつ食べる。

白は胡桃、それからドライフルーツ。茶色はアーモンドが散りばめられ蜂蜜で固められている。

もう一口ずつ食べる。ああ、至福。

「リー……ミ……おい！　ミリー！」

「はっ！　なんですか？」

突然爺さんの顔がアップで目の前に出てくる。

「いや、お主が十数分同じ体勢のまま固まっておったからな」

「そ、そうでしたか。あまりの美味しさに魂が抜けそうになりました。これほどの砂糖と蜂蜜……凄いお値段がついているんじゃないでしょうか？」

爺さんが口角をきゅっと上げ尋ねる。

「知りたいか？」

「い、いいえ。美味しく食べたいです」

「うむ。マリッサやジークの分まで食うでないぞ」

これだけあればちゃんと……いや、この美味しさ、はたして残せるのだろうか？

「お母さんはいいですけど、ジークはまだ離乳食を少し前に始めたばかりですし、蜂蜜は赤ちゃんには害なのでダメです。ジークが大きくなったら一緒にギルド長にお強請り（ねだ）にでも来ます」

「蜂蜜がか？　お主の登録レシピにもそう書いておったな。そんな話、誰に聞いたんだ？」

この国では蜂蜜はまだまだ高価な物だ。それだけに乳児ボツリヌス症にかかった事例がないのか少ないのだろうか？　それとも白魔法で治療できるのだろうか？　どちらであろうと私のレシピで乳児を危険にさらすつもりはない。

「えーと。誰だったか覚えていないです。ヌガーの残りは包んでお母さんにあげますね。ギルド長ありがとうございます」

さっさとマリッサの話題にすり替える。これ以上、爺さんに蜂蜜の事を聞かれても答えられない。

「マリッサも甘い物が好きだからの」

だらしなくデレッと笑った爺さんの顔がクリスと重なる。やっぱり似てる。

「それで、忍者さ――見張りの方から私の伝言は届きましたか？」

「うむ。受け取った。だが、私から会いに行くと色々面倒が起こるかもしれん。しかし、お主は本当になんなのだ。あれの隠密状態に気付いた者などほとんどいないぞ」

「気づいたわけではないですよ。予想をしただけです。それにしても、いつもあのストーカーを猫亭に付けているのですか？」

「すとーかー？　見張りの事か？　いや、いつもではない。偶(たま)にだ」

何をドヤ顔して言ってんだ、この爺さんは。でも、偶(たま)にならこの前のクリス来訪の時は張り込んでいなかったのかな？　爺さんもその事については聞いてこないし。

爺さんの執務机に山盛りの書類の数枚がはらりと床へと落ちる。今日は書類が一段と高い。

「今日は、いつもよりお仕事が忙しいのですね」

「ああ。十の月は祭りがあるからな。中央街は特に盛り上がるのだが、その出店許可証やらなんやらで今は書類が多くてかなわん」

「お祭りですか？」

この国にも出店をやるお祭りがあるの？　東区でも祭りはあるが何故かジョーに行く事を禁止されている。解せぬ。

「ああ。そういえばお主とは去年の今頃はまだ知り合いではなかったの。他の区でも祭りはあるだろう？」

「東区の噴水辺りでこの時期祭りがあるって話は聞きましたけど……お父さんには子供が行くのは禁止だと言われたので」

爺さんが咳をするように笑って言う。

「ジョーの奴も過保護だな。まぁ、祭りは王都以外からも人が集まって変なのが紛れ込んでおるかもしれんからの。それに平民の祭りはお見合いも兼ねておる」

ああ。道理でジョーが「ミリーは祭りに一生行かなくていいからな」なんて言ったんだね。

爺さんが説明するには中央街の祭りは商店の祭りで、たくさんの露店や屋台が並び、国内外から商人が訪れるという。

「なんだ？　参加したいのか？」

「屋台ですか？」

「いや、祭りを案内してやろうと思ったのだが……出店も悪くないな。レシピもたくさんあるのだ。

これを機にペーパーダミー商会を少し売り出したらどうだ？」

ん？　あ、そうだった。適当につけたから忘れそうになってたが、レシピを登録してる私の商会の名はペーパーダミーだった。

「お父さんのレシピですから、お父さんに聞いてください」

「数々のレシピにはお主が絡んでおるだろう？　ジョーは料理上手じゃが……今までそんなそぶりは全くなかった。あんなおかしなほどの量のレシピが突然出るはずない。あそこで異質なものといえばお主だけだ」

（異質って……）

「ペーパーダミー商会と私たちの関わりがバレそうな事はしたくないです。商会を別に作った意味がなくなるじゃないですか」

爺さんに軽く抗議すると人を雇えばいいだろとすぐに諭される。そんなお金……あ、お金はあるのか。んー。でもやっぱり私一人では判断できない。爺さんにはジョーが会頭なのでそちらに聞いてくれと返事をしたが、耳を疑うような事実を告げられる。

「ふっ。ジョーは会頭ではないぞ」

「え？」

「会頭はお主だ。ジョーもすでに了承しておるぞ」

本日二回目の爺さんのドヤ顔が披露される。私が会頭って……え？

「本人は一切聞いていないですけど」

「言っておらんかったからの」

楽しそうに、してやったりと笑う爺さんは実に大人気ない。ジョーもジョーだ。二人ともどういうつもりなのだろうか？

「……そうですか。五歳児でも会頭として登録する事が可能だったのですね」

「ジョーは、お主の将来のためだと言っておったぞ。私もどうせお主がレシピを考案しとるんじゃろうと踏んでおったからな。反対はせんかったよ。他の商会でもそうやって暖簾分けする時があるからの。会頭に年齢制限もない」

どうやら現在ペーパーダミー商会では、私が会頭でジョーは従業員として登録されているようだ。あれ？　それならジョーは商会の口座からお金を引き出せないはずだ。

「お父さんは新品トイレの費用をどうやって出したのですか？」

「商会からの金は引き出していないはずだ。ジョーたちが自費で払ったのじゃろ。して、どうするのだ？　祭りには参加するのか？」

くぅぅ。ジョーめ。ブラック食堂の満腹亭から賠償金の金貨二枚はもらったけれど、改装にかかった費用は金貨七枚だった。その内、新品トイレの費用は金貨四枚にものぼる。ジョーたちが金貨五枚自腹を切ったって事か。私が新品トイレを欲しがったから。それなら中古でも良かっ……嫌だ。ダメ。そんなの考えただけで寒気がする。

「今、商会にはどれくらいお金が貯まっているのですか？」

爺さんが隣の部屋にいたミカエルさんに商会の残金を調べるよう指示を出す。

「それでしたら、本日報告のため確認しました。金貨二十枚、小金貨三枚、銀貨五枚に銅貨五枚がペーパーダミー商会の残高でございます」

「は？　えーと？　金貨二十枚と聞こえました」

「はい、そうです」

ミカエルさんが再び残高を繰り返す中、頭の中で前世の金額に換算する。

——二千万？

いつの間にそんなに大金になっているんだ？　前に聞いた時は金貨三枚とか言ってなかった？

困惑した表情で考え込む私にミカエルさんが丁寧に説明を添えてくれる。

「ケチャップですね。あれを登録した後、売買数が一気に増えました。ペーパーダミー商会は何も広告を出していないのにこの売れ行きは凄いです。オークカツの契約をした中央街のお店が続けてケチャップも契約。そのお店がどうやら広告塔になっているみたいですね。今月もケチャップはバンバン売れてますよ。オークカツも連動するように売れています」

ケチャップは小金貨一枚、銀貨五枚でレシピを販売している。蜂蜜の使用で材料費が高い分、裕福な人にパラパラと売れればいいかと安易に考えての高額設定だったが……既に五十回以上売れているらしい。もちろん蜂蜜を乳児に与えないという注意書きはきちんとしてもらっている。

この国のレシピというのは各家秘伝で、他の者に見返りなく伝授する事はない。欲しいなら買えというスタンスらしい。なんでそんな事になっているのだろう？　分からないけれど、道理で食材が豊富なのに出回っている食事の種類が少ないわけだ。

「して、出店の件はどうする？」

爺さんが髭を触りながら尋ねる。

「もう宣伝とかしなくていいんじゃないんですかね？　普通に売れているみたいですから」

「何を言っている。売り込める時に売らないなど商人ではないぞ！」

鼻息荒く爺さんに説教されるが……私、商人じゃないし。

（あれ？　商会の会頭だから……一応商人になるのか？）

猫亭のレシピを守るためでもあった登録だけど、小銭稼ぎで良かったのに意図せず事が大きくなってる気がする。爺さんとミカエルさんは二人とも商人だからか？　こちらをギラギラとした目で見ながら無言の圧力をかけてくる。

「わ、分かりました。お父さんにも相談してから最終的にどうするか決めますけどね」

「そうかそうか」

爺さんとミカエルさんが嬉しそうに頷く。なんだか二人の思惑通りに進んでいる気がするけど、祭り自体は楽しみである。

「祭りはいつ開催されるのですか？」

「祭りは三週間後だ。登録は私が済ませておく。中央街に店舗を持たぬ商会は基本露店か屋台だ。商業ギルドで屋台の貸し出しもしておる。既に登録しておるレシピから一、二品、加えてまだ公開していない物を一品くらい出したらいいだろう。ただ、問題は屋台の料理人だな。あと三週間しかないからの」

爺さんはきっと一から料理をさせる事を想定しているのだろう。

「それなら大丈夫です。先に作り置きできる物を猫亭でお父さんと準備して、屋台では仕上げるだけで済むようにします。屋台での調理係と売り子は雇います」

「うむ。それなら間に合うな。それから商会の独自のロゴマークを決めたほうが良いぞ。どこの商会から買ったか分かるようにな。お主だけでは不安だな。ミカエルを付ける。頼んだぞ、ミカエル」

「畏(かしこ)まりました。ミリー様、絶対に成功させましょう！」

ミカエルさんが振り向き、やる気に満ちた表情で私の手を取り微笑む。

「はい。ガンバリマス」

「くく。まぁ、ペーパーダミー商会のお披露目と思えばいいだろう」

爺さんもミカエルさんも何故か私より楽しみにしている感じがするのだけれど。

「あ、そうでした！」

爺さんに相談したい事があったのを思い出す。

「なんだ？　急に大声を出しおって」

「えーと、肖像画で小金貨五枚頂いたのはいいのですが、使えなくて困っています。使えば、お父さんたちにお金の出どころを聞かれるので……」

爺さんとミカエルさんが互いに視線を交わす。二人にもこの事は盲点だったようだ。

「それは、見逃していたな。ふむ、何か買いたい物があるのか？」

「買いたい物もあるのですが、大金をいつまでも持ち歩くのがつらいです」

猫さん財布を開け小金貨五枚を爺さんに見せる。

「心配せんでも、そんな貧相な子供財布の中に誰も小金貨五枚が入ってるなど思わないわい」

「貧相なって、お母さんの手作りですよ」

「世界一の芸術品だ」

爺さん、マリッサが関わると変わり身が早っ。猫さんの財布が貧相から一気に芸術品へとアップグレードした。

「画師の件、お父さんにだけ伝えるのはダメでしょうか？」

爺さんが難しい顔をするが、どうしてダメなのかは教えてはくれない。前回、ジョーがマリスたちの事を避けていたのを思い出すと、爺さんの考えが正解なのだろうが……

「ギルド長。ジョー様へは祭り出店用に準備金の一部を引き出したと説明すればよろしいのではないでしょうか？　後ほど調整は可能でしょう。ですが、そうなるとミリー様の買いたい物が祭り関係の品に限られてしまいますが……」

ミカエルさんナイス！　と親指を上げる。

「問題ありません。買いたい物は砂糖なので！」

「やはり菓子関係であったか」

爺さんが底なしの食欲だなと笑う。

お金の言い訳工作も無事決まるとレシピ登録からジョーが戻って来た。

ミカエルさんの巧みな説得で、ジョーは私が屋台先に出ないならとペーパーダミー商会の中央街の祭りへの参加を許可してくれた。

屋台にはジョーの料理の協力が不可欠。せっかくの砂糖を買いに行く口実だ。無駄にしたくなかった私は、無事許可が下りて小躍りする。私が調理すればいいじゃないかって？　無理無理。だって私、子供だからコンロもオーブンも身長足りないし一人で調理できる範囲には限界がある。厨房はジョーのテリトリーでもあるしね。

必要書類や短期の雇い人はミカエルさんに任せ商業ギルドを後にする。祭りの支度金が小金貨五枚だと聞いたジョーは驚いたものの、爺さんの説明……もとい圧力に負け納得した。ジョー、ごめんなさい。

家への帰り道、ジョーと屋台での出し物を何にするか考えながら歩く。

「ミリーは、何を出したいんだ？」

二つは決めている。タルトタタンと唐揚げだ。屋台の唐揚げが昔好きだったのと、単純に食べやすいという理由で選んだ。タルトタタンはやはり、その見栄えの良さから選んだ。テーブル席もあるという事だったので、コンパクトサイズのタルトならペロリと平らげられるだろう。

問題はもう一つを何にするか。現地で比較的簡単に作れる物。

……そうだ。お祭りならあれがいいかも。

「タルトタタンの一人用サイズと唐揚げ。それから、新しいレシピはチュロスという物にしようかと思う」

「ちゅろす？　今から新しいレシピを作って間に合うのか？」

ジョーがやや訝しげな表情で尋ねる。

「唐揚げは先に漬け込んで、チュロスは揚げるだけだから現地で調理ができるけれど、タルトタタンは猫亭の厨房で焼かないといけないかな。大丈夫そう？」

「タルトタタンを猫亭で作る事は問題ない。ちゅろすにはどんな材料がいるんだ？」

チュロス……材料は然程問題ないけれど、星形の棒状をどうやって再現するかだなぁ。

「チュロスについては大丈夫だよ。砂糖以外の材料は猫亭の厨房に全てあるから。リンゴはまとめて購入したら割引とかあるの？」

「まとめて買えば小銅貨四枚くらいにサービスしてくれるかもな」

街中で買うリンゴの価格のハードルは依然として高い。まぁ、栽培された立派なリンゴだからそれなりの値段が付くのは仕方ないけれど……

「うーん。リンゴは別に考えがあるからそれで行く。後の材料は砂糖だね。うん、砂糖」

何度も砂糖砂糖と連呼しているとジョーが苦笑いしながら言う。

「念願のだろ？　前に試しに買った蜂蜜も切れそうだからちょうどいいタイミングだな」

以前購入したアズール商会の蜂蜜が切れると、ジョーは試しに馴染みの食材を配達している商会に仕入れを依頼した。その方が今後も定期的に注文する場合、安くなるからだ。けれど、その蜂蜜の味がいまいち気に入らなかったらしい。

「やっぱりこの前蜂蜜を買ったアズール商会の方が良いのかな？」

「品質はあそこが信用できるな」

「じゃあ、砂糖を買いに行こう！」

喜びが滲み出たのか、思ったよりも大声で叫んでしまう。

「明後日だったら時間取れるぞ」

「わーい。砂糖楽しみ！」

ジョーと手を繋ぎながら気分よく家路につく。

◆

二日後、アズール商会を訪れた。ショーウインドーに爺さんのところで食べたお菓子が飾ってあるのが目に入る。

（あ、ヌガーが売ってある！　良かった。値段が書いてなくて……）

店に入るとすぐに店員に声を掛けられる。

「いらっしゃいませ。本日は何をお探しでしょうか？」

「蜂蜜と砂糖を頼む」

ジョーが目的の二品の注文をすると、準備ができるまで客用の席に案内される。

今回は絶対にウロつかない。前回のようにあの魔力に敏感なお姉さんと遭遇したくないしね。

少しして、店員がトレーに蜂蜜と砂糖のサンプルを載せて戻って来る。

「お待たせいたしました。こちらが、私どもで取り扱っている蜂蜜と砂糖になります。前回の購入分はこちらの草花系の蜂蜜でしたが、今回はいかがいたしましょうか？」

す、凄い。この店員さん、私たちが前回購入した蜂蜜の種類を覚えている。店員の手元にあるのは前回購入した物と同じ蜂蜜を含む二種類の草花系の蜂蜜。二つの味比べをするが、新しく出された蜂蜜は色が濃く、豊かなコクと変わった風味が特徴の物だった。そしてちょっと高い。前に購入した蜂蜜は一番安いが一番無難でどの料理にも使いやすい。ジョーが馴染みの店から買った例の気に入らない蜂蜜も濃い色の草花系だったらしいが、クセが強すぎる蜂蜜は料理を選んでしまう。

「蜂蜜は、前回と同じ物を二つ頼む。ミリー、砂糖はどうする？　って、おい！　待て待て！」

砂糖の袋に吸い込まれるように近づく私を慌ててジョーが止める。

「何？　お父さん」

「ミリー……今、砂糖に頬擦りしようとしただろ？　店ではダメだ」

「家でならいいの？」

「それは……もう、好きにしろ」

ジョーが呆れながら笑うと店員の女性もつられて声を出して笑う。

「あ、失礼いたしました。あまりにも微笑ましかったもので……」

申し訳なさそうに謝罪する店員。

「いやいや、気にしないでくれ。うちの子は目を離すと好きな物にすぐ頬擦りするので」

「ふふ、畏まりました。それでは、こちらの蜂蜜を二瓶ですね。砂糖に関しての説明は必要でしょうか？」

ジョーが私に説明はいるのかと尋ねてきたが、砂糖に関しては結晶の大きさの違いだけのようなので説明は必要ない。

「種類は大丈夫なんですが、お値段の説明をお願いします」

店員が丁寧に子供でも分かるように砂糖の値段を口にする。

白ザラ糖のような一番大きな結晶の砂糖が一袋銀貨九枚。グラニュー糖のような小さい結晶の砂糖が小金貨一枚。上白糖のようなしっとりとした砂糖が小金貨一枚に銀貨二枚、そして最後に説明された粉糖は小金貨一枚と銀貨八枚だった。

全部高すぎる。三温糖、黒糖などについても店員に尋ねたが、それについてはよく知らないという感じだった。うーん。なんでだろう。ただ単に王都まで入って来ていないのかな？

チュロスにはグラニュー糖っぽいのが良さそう。粉糖も欲しいのだが高いし、グラニュー糖を自分で魔法かゴリゴリで粉砕して作ろう。

「結晶の小さい小金貨一枚の砂糖を二袋お願いします」

忘れないように、以前買い物をした時に貰ったショップ布バッグと箱をジョーの荷物から出す。これで五パーセントのリピート割引をしてくれる。

店員がサンプルのトレーを下げている間に猫さん財布から小金貨二枚を取り出しジョーに渡す。お金やっと使えたよ。

「ご購入ありがとうございました」

「ほら、ミリーのお釣りだ。店を出る前に猫さんに入れろ」

会計を済ませ、商品を受け取り、猫さん財布にお釣りを入れて店を出ると、すぐにジョーが手元に持っていたバッグを取られる。

（ひったくりか！）

即座に犯人の足を土魔法で引っ掛けて転ばす。盛大に転んだ犯人の側までテクテクと歩き地面に落ちたバッグを拾い中身を確認した。

「良かった。蜂蜜の瓶は無事だ」

起き上がったひったくりの犯人を見ると私より少し年上の少年……少女か？　顔立ちは綺麗なのだが、髪は短く服装からは性別は不明だ。格好は随分と汚れたツギハギで解れている。丈の合わないズボンから見える足には何かで叩かれたような痕があった。

「嫌だわ。南区の貧民街の子かしら」

「最近増えているのよ。怖いわ」

歩いていた二人の裕福そうな女性がひったくり犯を蔑みながら見下ろす。

ひったくりをしようとした事には腹が立つけど、相手は六、七歳の子供だ。少年か少女か分からないその子に立ち上がるよう手を貸し、尋ねる。

「あなた、なんでこんな事をしたの？」

始めは黙っていたその子は少女のような声でボソボソと声を出す。たぶん女の子だよね？

「……治療費にお金がいるから」

「誰の？」

「……弟の」

事実かは分からないがこの少女の弟なら幼年期の年齢、下手したらジークと同じ赤ちゃんかもしれない。

「そう……いつも盗んでるの？」

「ううん。初めて。どうしてもお金がいるから」

お金が必要なのは嘘ではないようだ。

「どこから来たの？」

「……南区」

東区から中央区に来るのすら時間が掛かるのに、この少女は南区からここまで歩いて来たのだろうか……

誰かが通報したのだろう、すぐに衛兵がやって来た。

衛兵が私たちを一目見て、隣にいたその子を指差す。

「そこのお前、小汚いな。お間が泥棒か？」

汚い言葉を浴びせその子を捕まえようと近づく衛兵の前に、ジョーの制止を振り切り立つ。

「衛兵のお兄さん、違うよ。ミリーたちがぶつかって荷物が落ちちゃったの。ぶつかった時にこのお姉ちゃんも転んじゃったの」

咄嗟(とっさ)にだが少女を庇う。結局何か盗まれたわけではない。ひったくりをしようとした事はダメだけど、衛兵に彼女が連れていかれるのはなんだか嫌だった。

衛兵が眉を顰めながら私の後ろにいるジョーに話を振る。

「この子供の親か？　今の話は本当か？」

「あ、ああ……娘の言う通りだ」

ジョーは困惑しながらも私に話を合わせてくれる。

「……そうか。それなら気をつけて帰るように。そこの小汚い子供も家にさっさと帰れ」

衛兵は納得してない表情だったが、余計な仕事を増やす必要もない、という態度で集まっていたギャラリーを解散させ、戻って行った。

「なんで助けたの？」

少女が怯えと不審を含んだ表情を向ける。

「さあ？　私は今日、気分がいいの。長年待ち続けてた物がついに手に入ったの。帰って早くそれに頬擦りしたいの。それだけだよ。バッグを拾ってくれたお礼にこれあげる」

猫さん財布から取り出した銀貨を少女の手に握らせる。

「銀貨！　なんで？　憐れんでいるの？」

少女は銀貨に困惑しながら尋ねる。

「情けなんて掛けていないよ。あくまでお礼だから。でも、盗もうとしたツケはいつか払ってもらうからちゃんと覚えておいてね。早く弟さんのところに帰ったら？」

もうひったくりなどせず生きてほしい。そう願い、ツケを払ってもらうなどと脅したが実際はそんな予定などない。

「どこでなら、また会える？」

少女が真剣な顔で尋ねる。

素性も分からない子にわざわざ自分の情報を渡す気はない。縁があればまた会えるだろう。

「秘密。頑張って捜し出してね。もう盗みはナシだからね」

「……分かった。ありがとう」

結局、名前も分からないその子は走って帰っていった。本当は銀貨ではなく小金貨を渡したかったけど、それはそれでトラブルに巻き込まれるだろうから銀貨にした。もし貧民街に住んでいるのなら、銀貨が有れば食べ物や薬を買ってもお釣りがくるだろう。

「ミリー、今のなんだったんだ……」

静観していたジョーがアズール商会のバッグを私の手から受け取り、困惑した様子で尋ねる。

「役者になれるかな？　ツンデレ悪役令嬢のフリだったんだけど」

「よく分からんが、金をあげて良かったのか？」

「うん。頑張ってまた稼ぐしかないね」

「はは。そうだな。しかし、砂糖を盗まれなくて良かったな」

私が砂糖を盗まれるはずがない。その時は地獄まで追いかけてみせる。

今日、気分がいいのは本当だし、あの子に弟の話をされた時にジークが思い浮かんだのでこれは気まぐれの施し（ほどこ）だ。もし仮にあの子の話が嘘だったとしてもお金を渡してもいいかなと思った。

「よし、帰るぞ！　ミリー、途中まで肩車してやろうか？」

「うん！」

◆

いつの間にか祭りまで後十日となった。今日は護衛にザックさんを雇いマイク、トム、マルク、ニナのみんなで森に向かう予定。ニナはすでに親戚に連れられ森に入った事があるが、マルクは初めてだ。二人についてはトムと常に行動を共にしてもらう約束で、ニナの親とネイトの許しも出た。

門でザックさんと合流すると隣にはウィルさんがいた。

「あれ？　ウィルさんも来られたんですか？　ザックさんへお支払いする分の護衛代金しかないいんですけど……」

今日は銀貨一枚でザックさんを護衛として雇っている。銀貨二枚を出す余裕はない。

「俺の事は気にするな。ただついてきただけだ」

いつものようにややぶっきらぼうにウィルさんが答える。

「そうなんだよ。こいつがついて行くって聞かなくてね。ミリーちゃん、無料の護衛が増えたと思ってこき使ってやってね」

ザックさんがウィルさんの背中をバシンと叩きながら笑う。

ウィルさんって暇なのかな？　ま、いっか。

今日、森へ行く目的はリンゴだ。祭り用の一人用タルトタタンには一個につきリンゴが一つ必要だ。タルトタタンは百個作る予定なので、可能ならリンゴは余分の十個も含め百十個は欲しい。

森の比較的安全なリンゴ群生地に到着すると、マイクに土魔法で作って貰った踏み台に乗りみんなの注目を自分に集める。

「はい、注目！　今日はリンゴ狩りをします。リンゴ一つにつき小銅貨一枚を払います。一人二十個ほどの収穫を目指してください。ただし無理はせず、魔物避けの外には出ないでください。それじゃあ、ハジメ！」

手を叩く合図の前にマイクが走り出した。今日は別に勝負じゃないのだけれど……マルクとニナはトムにリンゴの採り方を習いながら採取をしている。私もリンゴ狩りしよっと。

リンゴを数個採り終えるとずっと私を監視していたウィルさんが声を掛けてくる。

「こんなにリンゴを集めて、何を企んでる？」

「え？　美味しいパイを食べたいと企んでます。ウィルさんにもリンゴ代を払いますよ？」

「金は別にいらないが、そんなにリンゴパイを作る予定なのか？」

「はい。美味しいですから」

今日のウィルさんはいつにもましてやけに突っかかってくるな。屋台の話をしたらペーパーダミー商会の事がバレるので、質問は適当にはぐらかして、ウィルさんは無視。リンゴに集中しよう。

籠(かご)が半分埋まるほどリンゴが採れたが、いつもよりペースが遅い。ウィルさんが近くにいるので魔法が使いにくいんだよね。低い所の目ぼしいリンゴは大体採り終わったので少し高い場所のリンゴが欲しいのだけれど……チラッとウィルさんを確認すると、すぐに目が合った。くぅ。

　魔法を使わずリンゴを採ろうと背伸びするが届くはずもない。見かねたウィルさんが風魔法を使い、いくつか採ってくれる。

「ほら、これだけあればいいだろ。チラチラと俺を見るのをやめろ」

「ありがとうございます。ウィルさんは風属性の魔法使いなんですね」

「リンゴ採りの名人だと豪語していたのは嘘か」

そんな豪語などした事はないし、ウィルさんはそれをどこで聞いたのだろう。

「……意地悪ですね。今日は勝負じゃないんです。二十個くらい採ればいいんです」

ガサガサと茂みが動きマイクが飛び出す。

「ミリー！　二十個採れたぞ」

「流石マイクだね。私はまだ十五個くらい」

マイクが驚きと嬉しさの混ざった表情で口角を上げる。

「……もしかして、俺は初めてミリーとの勝負に勝ったのか？」

「あー。残念だけど、今日は勝負するとは言ってないので無効だね」

「くっ。確かにそうだ」

マイクは癇癪を起こさずに素直に勝負が無効だと認める。

「マイク、偉いね。大人になってきたね」

「俺はお前より年上だってば！」

マイクが口を尖らせた表情が可愛くて思わず笑ってしまう。

「僕とニナちゃんも採れたよ！」

トムと共にリンゴ狩りをしていたマルクとニナも籠（かご）いっぱいの収穫ができたようだ。

「マルク君のおかげだよ」

ニナが頬を赤くしてはにかみながら言う。

おや？　ニナのこの表情……あはーん！　そういう事ね。若い初恋。微笑ましい。

無事に合計で百十五個ほどのリンゴが集まった。猫亭に戻り、それぞれに小銅貨を個数分配り、ザックさんには護衛代の銀貨一枚を支払って別れる。ウィルさんは後半静かだったので特に話をする事はなかったが、なんかずっと監視をされている気分なんだよね。

「ミリー、帰ったのか」

「お父さん、ただいま。リンゴ、百十五個も収穫できたよ。ザックさんの護衛代を入れても銀貨二枚と銅貨一枚に小銅貨五枚で済んだよ」

「そうか。さすが、ミリーだな。こっちも祭りの雇い人とも練習をしたが、上手くコツを掴んだ様子だったからチュロスも唐揚げも大丈夫そうだな」

祭りの準備期間は短かったが無事に進んでいる。チュロスの生地は材料も少なく、すぐにできたのだけれど、問題は形の方だった。絞り袋を作って口金を付ければいいかなと簡単に思っていたけれど、用途に合う布が見つからなかった。それにチュロスを一つ一つ絞るのでは時間をロスする。

結局、竹のような筒状の木の入れ物の底に星形のような穴を開け、押し出す用の取っ手のついた蓋をはめて、上からチュロスの生地を油に投下する道具を木工師に作ってもらった。

「チュロスも登録してきた。星形必須。爆発注意もちゃんと説明したぞ」

ジョーはチュロスが星形じゃないと爆発する事について始めは半信半疑だったが、コロッケオンファイアー事件と同じだと説明したら顔色を変えていた。試作している時に水気が強かったコロッケの一つが爆発して飛び、隣のコンロに落ちて燃えたコロッケオンファイアー事件。懐かしい。

「お父さん、登録ありがとう。シナモンシュガーも無事登録できた？」

「問題なくな。まさかシナモンがあんなに美味しくなるとはな。今まで薬草茶としてしか使われてなかったからなぁ。審査員も驚いていたぞ」

「因みにアップルパイにも合うんだよ。今度作ってみようよ、お父さん」

チュロスの砂糖はシナモンシュガー、それから贅沢にパウダーシュガーのトッピングのオプションを付ける予定だ。

「ミリー、練習で使った粉糖の残りだ。まさか結晶から粉糖ができているとは思わなかった。これは、どうやったんだ？」

「うーん。頑張ってゴリゴリしたの」

ゴリゴリでも時間を掛ければできるだろうが、サッと風魔法でフードプロセッサーしたのだ。

「はは……そういう事にしといてやるよ」

粉糖のデメリットはすぐ湿気るところだ。チャック付袋が欲しい。残念ながらそれはないので今は瓶に入れコルク蓋をしている。コーンスターチは今のところ発見していない。手間は掛かるが作る事も可能だよね。とりあえずは保留かな。

祭りの屋台の下準備はほぼ完了。あとは前日に唐揚げ仕込んで、タルトタタンを焼き、チュロスの生地を作るだけだね。当日の朝、屋台の設置場所まで食材を運ぶために、ミカエルさんの雇った業者が到着する予定だ。

（やれる事はやったから、あとはジョーのお手伝いを頑張ろっと）

ウィルの苦難

ウィリアムがミリアナと森へリンゴ狩りをしたあと自宅へ戻ると、前触れもなしに自室にレオナルドが座っていた。

「で、殿下⁉」

「ウィル、遅かったな」

家令からレオナルドの来訪についての報せは何もなかった。窓には防犯の魔法が施してあるが、警報は鳴っていない。ウィリアムはやや訝(いぶか)しげな顔でレオナルドに尋ねる。

「殿下、本日はどのような用件で私の部屋へ……声を掛けていただければ、私の方から城へ――」

「リンゴ狩りは楽しかったか？」

ウィリアムがギクッとした。ミリアナを怪しんでリンゴ狩りへ同行したのは完全に独断だった。

そして今日一日ミリアナと共に過ごしたウィリアムは、彼女がただの子供であると確信した。

あの影も家族を心配する東商業ギルド長のエンリケが付けた者ではないかと考え、これから調べる予定だった。まさか、ウィリアム自身に影がつけられ、見張られていたとは思わず。

ウィリアムはグッと拳に力を入れる。

「……申し訳ございません」

「いや、むしろお前のおかげで良い方向に進む」

そう言いながら笑うレオナルドにウィリアムは首を傾げる。

聞けば、ミリアナに間者との接触疑いありと報告した事を感謝された。

「いえ、王太子付きの臣下として当然の事を全うしただけであります……」

「うむ。あの娘には王宮の影をつける事になった」

「え？　王宮の影でございますか？　それは――」

「優秀な側近であるお前には、俺の代わりに影との連絡係になるよう命じる」

王宮の影はレイヴンと呼ばれ、それぞれ複数の隊からなる。彼らに直接命令を下す事が可能なのは王族のみである。

それをつけるとなると……それではまるであの子供が重罪人扱いではないかとウィリアムが内心焦る。

「で、殿下。彼女はまだ幼い子供であります」

「何を言っている。正式に報告をしたのはお前自身だろう？」

ウィリアムは、猫亭でのプレパーティの際にミリアナが影と密談しているのを目撃後、正式な報告をレオナルドにしてしまった。一度、そのような報告を書面でしてしまえば、規則上取り消しは不可能だ。早まった自分の判断を痛感しながらウィリアムは返事をする。

「た、確かにそうでございます」

「そう不安な顔をするな。つける影はラナとカルだ。今から春まで時折あの娘を張らせるのでその予定でいろ」

ウィリアムはますます困惑した。ラナとカル、二人とは仕事上何度か話をした事があったが、二人とも決して経験豊かな影ではない。どちらかと言えば、文官だ。

ラナの方は正式に本格的な影の仕事を任されたくて飢えている感じだが、カルは向上心も清潔感もない奴だ。何故、この二人が指名されたのだろうか。ウィリアムがレオナルドに視線を移すと、満面の笑みで見つめられた。

(ああ、そうか。この調査はあくまで建前に過ぎないという事か)

「殿下、お心遣い、ありがとうございます」

「俺はしばらく、公務で王都を離れる。この件、あとはウィルに任せる。カルは問題ないが……ラナはたまに空回りするからな。いずれにせよ、あの娘に危害を加えるのは俺が許さない」

「はっ。お任せください」

そして祭りの前日を迎えた。猫亭のディナーが終わった後で、準備していたタルトタタンを容器に入れて焼き始める。容器は商業ギルドを通して、パーティ用の料理に使われるココットの器をレンタルした。唐揚げはもう昼間に仕込んでいた。

「これで最後だな。あとは冷めたタルトタタンを朝に型から取って、チュロスの生地を作ったら終わりか」

ジョーが自分の肩を揉みながら首をポキポキと鳴らす。

「お父さんお疲れ様。クリーン」

「はは。ありがとうな」

次の日の朝、無事全ての準備を終わらせ、ミカエルさんと共に来た配送業者に祭りの品物を託した。

「ミカエルさん、色々ありがとうございます」

「いえいえ。こちらも仕事ですし、どれほど売れるか楽しみでもありますから」

祭りか……家族で祭りに参加したかったが、あいにくジョーもマリッサも猫亭の仕事がある。

「ミリー様、お時間があるなら中央街を見に行きませんか？　気になるでしょう？　ギルド長が案内したいようでしたよ」

爺さんが？　ああ、確かに祭りに参加しないかとは言っていた。

「売り子になるのはダメだが見に行くのだけならいいぞ。俺は店もあるから行けないが、エンリケさんが一緒なら大丈夫だろう」

「本当⁉　わーい」

そういうわけで、ミカエルさんに連れられ商業ギルドで祭りに一緒にいく爺さんを待っている。

「ミリー様、中央街でのお祭りですのでこちらをお召しくださいね」

ミカエルさんが手にしているのは、チェック柄に後ろには大きなリボンの付いた、以前爺さんに頂いた物と似た感じのラブリーなワンピースだった。

「これは、ギルド長の趣味ですか？」

「いえ、私が選びました」

(お前かーい)

叫びたい気持ちを我慢してラブリーワンピースに着替える。

◆

こんにちは。ここにいるのはミカエルさんの趣味全開でラブリー仕様にされた精神年齢三十六歳の幼女ミリアナです。

「待たせた……な。なんというか、かっ、これはミカエルの仕業か？」

爺さんが吹き出しそうになるのを我慢しながら平然を装う。

「ええ」

「ふっ。似合っているぞ。どこぞの人形みたいだ」

「褒め言葉ですよね？」

「勿論だ」

実際、自分でいうのもなんだけど可愛いとは思う。でも、どこのパーティに行くんですか？　って格好なんだよね。行くの祭りの出店ですよね？

爺さんの専用馬車に乗り中央街を目指す。他の馬車より断然乗り心地がいい。

「お主、そんな格好をしておると誰かに似ておるな。はて、誰だったか？」

独り言のように爺さんが呟くが、私は馬車から見える街並みを揺られながら眺めていた。

中央区に入ると道が整備されているため車内の揺れが収まる。今通っているのは中央区の東側だ。ここから西は行った事がない区域。馬車の中から見える中央区の平民街は東区と比べ物にならないくらい立派な建物ばかりで、街並みも綺麗だ。

平民街を抜けると商店が多く並ぶ中央街に入った。中央街のメインストリートには各商会の綺麗な建物が軒を連ねており、馬車も人の通りも多い。裏通りもあり、天井は前世の写真で見たフランスのパサージュのような屋根付きだ。あれはガラス造りの屋根だろうか？

爺さんが馬車の手前を叩き御者に知らせる。

「ここで止めろ。歩いて裏通りに行く。お前はここで待っておけ」

ここはまだ、聞いていた祭り会場ではないような気がする。馬車を降り、爺さんに尋ねる。

「どこに行くんですか？」

「主に香辛料を取り扱うベネット商会の店だ。そこの会頭とは古くからの友人でな。そのあとはもう二箇所寄ってから出店のある祭りに向かう。ミカエルとはお主の屋台で合流する事になっておる」

香辛料！　それは興味深いけど、まさか爺さんの知り合いに会いに行く予定だとは思わなかった。

「私の事はなんと紹介するつもりなのですか？」

「普通に孫の娘で良いじゃろ」

「めんどくさい事になりませんか？　私に気を遣わなくていいんですよ」

「お主に気など使っておらん。隠す必要がないだけだ」

それだけ爺さんと懇意（こんい）にしている人なのだろうか。

「まあ、私は都合が悪くなったら子供のフリをしますから」

「……お主は子供であろうが」

ベネット商会に到着するとすぐに香辛料の香りが鼻を刺激する。

（これは、カレーの匂いだ！　どこだ？）

臭覚を研ぎ澄ませ、クミンに似たその匂いを追い掛けようと早足で匂いの側まで行く。もう少しで目的の香辛料の目の前に辿り着きそうなところで爺さんに捕まった。

「お主は、何故自ら迷子になろうとする」

「美味しそうな匂いがしました」

首根っこを掴まれたままクミンの匂いがする香辛料を指差す。

「これの事か？」

爺さんにクミンの香りのする香辛料の前で解放してもらうと、顔色の悪い高齢の男性店員に声を掛けられる。

「それは砂漠の国からの輸入品の香辛料だね。エンリケ、久しぶりだな。まだお互い死んでいないか」

「アイザックも相変わらず……元気とは言えぬか。そろそろ引退したらどうだ？　誰も顔色の悪い店員など見たくないだろ」

出た。爺さんのツンデレ。といってもデレなしのツンだけだけど、爺さんなりに心配はしているようだ。

「まだ引退はできない。孫に商売の引き継ぎを全てするまで元気でいないとな。して、こちらの可愛らしいお嬢さんはどなたかな？」

「そうであったな。これは私の孫娘の子供のミリアナだ。ミリアナ、こっちの爺さんはアイザック・ベネット。ここの店の会頭だ」

ここの会頭だったのか。アイザックさんは白髪で笑いジワの多い優しそうな人だ。

「マリッサちゃんの……そうか、そうか」

爺さんに挨拶するように促されたので、前世で見たカーテシーを披露する。

「初めまして。ミリアナ・スパークと申します」

「これはこれは、まだ小さいのに丁寧にありがとう。でも、商人の挨拶は軽く右手を左胸に当て一礼で十分だよ」

言われた通りに胸に手を当てもう一度挨拶をしたら、アイザックさんが小さな拍手を送ってくれた。

「お祖父様、こちらでしたか。動き回るとお体に障ります。あ、失礼しました。接客中でしたか」

アイザックさんの孫は、アランと名乗ると、商人の挨拶をした。アランはネイトと同い年くらいの穏やかで優しそうな青年でアイザックさんに良く似ていた。

「ミリーと申します。初めまして。アイザックさんはお加減が悪いのですか？」

「大した事ないよ。アラン、他の客人の接客中だっただろう？　戻りなさい」

アイザックさんが軽く微笑むと、アランは心配そうな表情で近くにあった椅子を持ってくる。

「他の者がおりますので、問題はありません。それよりお祖父様、せめてこちらに座ってください」

「アラン、あまり年寄り扱いするな」

うーん。年寄り扱いするなって言っても……アイザックさん、立っているのも辛そうだしなぁ。

時折混じる、喘鳴に似た息遣いも気になる。爺さんもアイザックさんを気遣いながら早く椅子に座れと命令している。

結局、お茶をすると称して店の奥に移動してアイザックさんを休ませた。爺さんの友達も頑固者だ。やっと椅子に座ったアイザックさんに安心した表情でアランが紅茶を出す。

アイザックさんにヒールを掛けてあげたいが、どこが悪いの分からないと治癒のイメージが難しい。何度か病名を尋ねたが話を逸らされる。むむ！　仕方ない。白魔法のヒールを使って魔力をアイザックさんに流しながら身体の悪い場所を探すか。

どうにかこっそりと爺さんにバレずにヒールを掛けられないものだろうか？　爺さんが私の視線に気づき、訝（いぶか）しげな表情をしたので目を逸らしアイザックさんに声を掛ける。

「アイザックさん、私が身体の痛くなくなるおまじないを掛けてあげるね」

そうかそうかと目じりを垂らすアイザックさんの手を借り、白魔法のヒールを分からないように微弱な魔力で流す。手、腕、肩とスムーズに進んでいた魔力が肺で何度も散らばる。悪い所は肺なのだろう。ヒールの魔力の威力が足りずに治癒ができず、散らばっているのだろうか。

「ミリアナちゃんの気持ち受け取ったぞ。体調もばっちりだ」

子供を宥めるようにアイザックさんが頭を撫でる。待っててね。体調が良くなるのはこれからだから。

「痛いの痛いの飛んでけー」

おう……。今まで吸われた事のないレベルで魔力が吸い取られる。これは、身体が随分悪かったんじゃないのかな？　ヒールが最高潮に達するとアイザックさんの肺辺りが発光し始めた。

（あ、こんな発光現象がでたら爺さんにばれてしまう！）

発光が収まりアイザックさんが驚いたような顔で自身の身体を触る。

「今の光は……いや、それよりも本当に体調が良くなったわい。どこも痛くない」

魔法は謎も多く、ヒールは万能ってわけじゃないから……どこまで治ったか分からないんだけど、アイザックさんの顔色はかなり良くなった。

椅子から立ち上がったアイザックさんが屈伸をして軽くジャンプ。私を見ながら爺さんに尋ねる。

「エンリケ、これはいったいどういう事だ？」

あ、そうだ。爺さんがあまりにも静かだったので反応を確かめるのを忘れていた。振り向く前にドスンと爺さんから肩に手を置かれ、ぎゅっと力を入れられる。痛い痛い、痛いって！

「アイザック、何も言わずに受け取っておけ」

「……そうか。ミリアナちゃんのおかげなのか。本当に感謝する。お礼に砂漠の国の香辛料をいくつか包んであげよう」

「わーい！」

何かを悟ったらしいアイザックさんは、あえて深くは問いただすような事はしなかった。

カレーに使えそうな香辛料を中心にいくつか包んでもらい、ベネット商会を後にした。孫のアランには、外国の秘蔵の特殊薬を服用したら元気になった、と苦しい言い訳を爺さんがした。アランは完全には納得していないという顔だったが、祖父が目に見えて元気になった事のほうが重要のようで、強いて深く詮索してくる事はなかった。

ベネット商会には、他にもいろんな香辛料があったのでまた別の機会にこのお店を訪れたい。

御者の待つ馬車に戻るなり、爺さんの般若の顔がどアップで迫る。近い、近い。

「お主、アイザックに何をした？」

ここはもう観念してある程度正直に話す事にした。

「随分身体が悪かったようですね。大分魔力を取られました」

「治したのか？」

「魔法は万能か分からないので『治した』かと問われても、答えは分かりません。ただ、以前よりも体調は良くなったと思いますよ」

「お主……白魔法も使えたのか」

水魔法と白魔法、爺さんが知る私の魔法はたぶんこの二つ。

「そうですね」

爺さんがしばらく無言で私を凝視してから口を開く。

「そうであるか。アイザックは息子夫婦をまだ孫が幼い時に亡くしてな……アランはまだ商会を継げるほど育っておらん。あやつは常日頃、アランが継ぐまで死ねんと言っておった。お主が何故白魔法を使えるのかは今、あえて詮索はしない。とにかくただただ感謝する」

爺さんが頭を下げた事にやや驚きながら返事する。

「役に立てて良かったです」

言葉通り、爺さんはそれ以降、白魔法について質問する事はなかった。

次に訪れた商会は革屋だった。爺さんが革屋となんやら話す間に店内の商品を眺める。服や靴から馬車のインテリアまで、革製品ならなんでも取り扱う商会のようだ。思ったよりこの国の技術レベルは高いんだね。どれも値段の表示がないのが怖いけど。

最後に訪れた店、多分、私的な買い物だと思う。爺さんがウキウキと酒屋に入った。

キラキラした綺麗な酒のガラスボトルが並ぶ店内。ガラスの技術はそれなりに発展してるんだね。東区にあるガラス細工は生活用の物が多く、ここは別物だ。区が違うだけでここまで違うとは……

(お！　これは蒸留酒だね。一瓶、一体いくらなんだろう？)

蒸留酒を楽しそうに見る私たちに店主が呆れたように声を掛けてくる。

「エンリケ、元気そうだな。だがな、酒屋に酒も飲めない子供なんぞ連れてくるなや」

「お前の顔を見にきてやったのに酷い言い草だな。買い物をしてやるからいい酒を出せ」

爺さんがドカッとカウンター席に座ると店主が笑いながら酒を注ぐ。

「今回の祭り用の目玉商品だ。北の地域で開発されたアイスワインだ。飲んでみろ」

「うむ！　確かにこれは甘く旨いな！」

黄金色に輝くアイスワインからは甘いマスカットの匂いが香る。

「美味しそうな匂いですね」

「そんな目で見てもお主にはやらぬ」

爺さんが意地悪そうにクイっとグラスのアイスワインを飲み干す。

「嬢ちゃんにはこれをあげるから飲んでみな。葡萄のジュースだ。ワインになる前の物だな。人気で最近良く売れるんだよ」

「頂きます」

ゴクゴクと一気にグラスの半分を飲む。ああ、至福。これは白葡萄の百パーセントジュースだな。もうジュースじゃない、液だね。葡萄液。残りの半分も飲み干す。

（あー、なくなってしまった）

「気に入ったか？　あんまり飲むとお漏らしするからやめておけ」

爺さんめ！　失礼な！　私は今まで一度もお漏らしをした事はありません！


酒屋を出て馬車に戻り、祭りの行われている広場へと向かう。広場の出店周辺は特に人が多く馬車の侵入が不可だったので降りて歩くが、何度も人とぶつかってしまう。

「お主が小さい事を忘れておったわ」

そう言って両脇腹を持ち上げられる。爺さんは身長も高いので辺りの景色がよく見える。祭りと聞いていたから夏祭りの屋台を想像していたが……これは完全にマルシェだな。百店舗以上は屋台や露店が出ている。飲食店以外にも衣料店、生活雑貨店や装飾品店に魔石屋もある。広場を行き交う人たちは格好から裕福だと分かる。

広場の中央ステージには花冠をつけた女の子たちが踊っている。ステージ中央に置かれたオブジェの中には例のギルドにもいる巻貝もいた。

「確か、お主の屋台は奥のほうじゃったな」

ペーパーダミー商会の屋台は遅いエントリーだったため、広場の奥の端、やや目立たない位置取りになっていた。商会のロゴが必要との事だったので、花火と貝のデザインにした。花火は私たちのスパーク姓から取り、貝はあの巻貝ではなく蛤から取った。シェルコーポレーションのシェル。もう行くとこまで行こう……

爺さんがあそこだなと指を差したのは人だかりができている屋台だった。

「賑わっておるな。ほら下ろすぞ」

「ギルド長、抱っこをありがとうございました。凄く人が並んでいますね」

「くくく。あのチュロスとかいう物のせいじゃろ」

列には並ばずに少し離れてペーパーダミー商会の屋台を観察する。確かに客のほとんどがチュロスを購入している。

「ギルド長、ミリー様。こんにちは。人が多いのでここまで来るのは大変でしたでしょう？」

ミカエルさんが手を振りながらやって来る。

「ミカエルさん、お店を任せきりで申し訳ありません。繁盛しているようで良かったです」

「大繁盛ですよ。タルトタタンはすでに売り切れております。チュロスは多く準備して頂けたので、まだ大丈夫ですね。唐揚げも順調です」

タルトタタンは銅貨三枚。チュロスはシナモン砂糖付きで銅貨二枚、プラス銅貨一枚で粉砂糖追加、唐揚げは小袋を小銅貨五枚で販売している。

今日使用している砂糖は一袋のみなので原価を差し引いても金貨一枚以上の儲けが予想される。

ぐへへ。だが、全部売れたらの話だ。タヌキの皮算用はやめよう。

「お父さんにもいい報告ができるぞ」

「お主、顔がニヤけておるぞ」

「私も楽しいですから。それでは、また後ほどご報告させていただきます」

ミカエルさんが軽やかに屋台へと戻る。なんだか生き生きしてるなぁ。いつもは優秀な秘書って感じだけどやっぱり根っからの商人なんだね。

今回の屋台の運営委託は、商業ギルドで詐欺をかけられそうになった時のお詫びの一環として受け取っているが、ミカエルさんには個人的にお礼がしたいと爺さんに相談する。

「ミカエルは、可愛い物や甘い物に目がない。お主の着ている服のようにな」

「うーん。何か考えておきます」

「さて、もう少し店を見て回るか。祭りの中央ステージでは催し物もあったはずじゃ。少し腹でも満たしてから向かうか」

最初に目に入った美味しそうな屋台に行こうとしたら、ローズレッタ商会の物だった。爺さんに、自分が行くとめんどうな事になるので一人で買って来いとお金を渡される。

ローズレッタ商会の屋台の列に並ぶ。商会のロゴは薔薇に葉っぱのシンプルな物。私の順番になりブルのチーズサンドとポテト豆を注文して銅貨二枚を払う。

価格は祭りの平均的な値段。砂糖が入ったお菓子などは平均銅貨三枚から五枚で売られていた。

商品を受け取り爺さんと合流しようと思ったが、遠目から見たところ、マリッサの兄マリスに捕まって立ち話をしているようだった。

(長くなりそうだね)

とりあえず一人で野外テーブルに座り、ブルのチーズサンドを頬張る。これはチーズステーキみたいで美味しい。ポテト豆は蒸し焼き芋の上に豆の煮込みがぶっかけてある。味は子供の舌では少し辛いがまあまあかな。

飲み物も買えばよかったなと考えていたらドスンと目の前の席に知った顔の男が座る。

「おい、そこの子供。俺を覚えてるか?」

「アズール商会の会頭さん」

「覚えていたか。で、何を食べてんだ? 美味そうだな」

「ローズレッタ商会のブルのチーズサンドですよ。なかなか美味しいですよ」

「あそこのか。で、今日は一人できたのか? 親父は?」

質問が多いな。お店にいる時と感じも違うのでやや警戒しながら答える。

「……お祖父ちゃんときました」

「爺さんはどこだ?」

「おトイレです」

困ったらトイレネタ。答えたらすぐにブルのチーズサンドを口に入れ、他の質問に答えるのを拒否する。

「会頭、こんな所にいたんですか。これ、並んで買ってきましたよ。リンゴの菓子はすでに売り切れていました」

魔力感知が鋭いお姉さんが両手に唐揚げとチュロスを持って現れる。うちの商会の商品だ。お買い上げどうもありがとうございます！　と心の中で礼を言いながらお姉さんを見つめていると、何を勘違いしたのかアズール商会頭に唐揚げを見せながら欲しいかと尋ねられる。

「いえ、まだ自分の食べ物がありますので……」

「可愛く、『ちょうだい』って言えばあげねぇ事もねぇぞ」

「お店にいる時とは別人ですね」

「今はプライベートだからな。ミーナとデート中なんだよ。いいだろう？」

「会頭、子供に嘘を付くのはやめてください」

即座にミーナさんと呼ばれたお姉さんに否定されていたので、追い打ちをかけることにする。

「デートで来たのに彼女にお使いさせてるんですか？」

「口が減らない子供だ。だが……確かにな。ミーナ、俺の隣に座れ。食事をあーんさせてあげよう。なんなら夜の勝――」

「しません！」

アズール商会の会頭さんは変態さんかぁ。お姉さんも大変だな。ミーナさんがゴミを見るかのような目で、子供の前では節度を守るように注意しているが……

(全然聞いてない。なんなら、唐揚げを食べ始めちゃったよ)

「なんだ、この鶏肉。うめぇな。どうやって作ってんだ？」

「ペーパーダミー商会からレシピが出てますよ。小金貨一枚です」

「最近良く聞く商会だな。小金貨一枚とは大きく出たな。会頭は未だに姿を見せずか？」

「ええ。屋台で働いている者も短期の従業員だけです。ただ、ミカエルさんの姿がありましたので商業ギルドに委託してるのかもしれないですね。教えてくれはしないでしょうが」

しばらく二人は私の事を忘れペーパーダミー商会について話していた。ミーナさんはオークカツとケチャップが中央街の店に売れた事や公開されたレシピの数など、よく調べていた。さすが商人だね。

「お！　嬢ちゃん、大人の話でごめんな」

「いえ、大丈夫です」

「嬢ちゃんの名前はなんだ？　俺はロイだ。よろしくな」

「ミリーです。よろしくお願いします」

ロイさんがチュロスに噛み付く。

「おお！　このチュロスとかいうやつも絶品だな。ミーナも食え」

ミーナさんも自分のチュロスを齧り、目を見開く。

「本当ですね。シナモンにはお茶や薬以外にもこのような使い方があったのですね。砂糖を使っているのに銅貨二枚、粉糖を追加しても銅貨三枚とは儲けが少なくなるでしょうに……仕入れはどうなっているのですかね？」

ふふふ。自前の粉糖ですからね。粉糖は小金貨一枚と銀貨八枚とかいう恐ろしい値段が付いてる

からね。まとめて買っても仕入れ値は普通に高いのだろう。

「ほら、ミリーも食え」

ロイさんに食べるよう勧められた物をジト目で見る。

(いや、そんな噛んだ後のチュロスを見せられても要らないです)

それに、ここ数日は毎日のように試行錯誤を重ね、その度にチュロスの味見をしていたから
ちょっと今は近くで見たくない。

「ありがとうございます。でも、自分で買った物じゃないので遠慮しておきます」

「遠慮しなくていいぞ」

ロイさんに目の前でチュロスをぷらぷらと揺らされる。

「いえいえ。タダほど怖いものはありませんので」

「ほぉ。なかなかいい事を言うじゃないか！　そうだな、タダほど怖いものはないな」

「会頭、そろそろ休憩は終わりです」

ミーナさんにそう促され、やっとチュロスぷらぷらから解放される。

「そうか。残念だなぁ。ミリー、またどこかで会おう」

ロイさんは指先に付いた砂糖をペロペロと舐めた後、握手を求めてきた。

「クリーン」

即座にクリーンを掛けられた事にロイさんが一瞬硬直したものの、すぐに抗議する。

「おい！　俺は汚れじゃねぇぞ！」

「指をペロペロしていました！」

ロイさんが酷いと同意を求めると、ミーナさんはその声が届かないほど、私の手元を凝視。

あ、思わずミーナさんの前で魔法を使ってしまった！

「おーい！　ミーナ？　何を考えてんだ？」

「え？　ああ。今のは会頭が悪いです。指を舐め回した後に女性に触ろうとするからです。謝罪をしたら仕事に戻りますよ」

「ん。すまんかった」

怒られてしょんぼりしながらもすぐに謝罪したロイさんはミーナさんと仕事に戻って行った。去り際にミーナさんは何度もこちらを確認していた。

んー、失敗したかな……。残りのブルのチーズサンドを口に入れると爺さんに肩を叩かれる。

「ミリー、ここにおったか」

「はい。お孫さんに捕まっているようでしたので先に食べていました。私には量が多いので半分こにしておきました。これは、ギルド長の分です」

先程までロイさんの座っていた席に爺さんが座りチーズサンドを食べ始める。

「ブルのサンドか。普通だな。豆は酒に合いそうだな」

「私には少し辛かったです。お値段は良心的でしたよ」

お腹も満たされたので中央のステージに向かう。ステージ周辺には人が多く、爺さんと少し離れた席に座ると、丁度紫と白の衣装を着た綺麗なお姉さんたちが並んで出て来た。

「そういえば、ギルド長は本日のお仕事はないのですか？」

「ああ。今日の仕事は部下に任せても問題ない。祭りが終わった後は契約やら何やらと忙しいがの」

「そうなんですね」

ステージ上の催し物の踊りが始まる。前世でも耳にした事あるような民謡が流れ始め、お姉さんたちが順番に踊り出した。

（これは！　凄い！）

目を擦って何度も確認するが、移動しているはずのお姉さんたちが静止画像にしか見えない。スカートの中に電動スクーターが入っているのではと疑うような動きだ。全員で円になったりジグザグしたり激しく動いているはずなのに、上半身はピクリとも動かない。素晴らしい。

「なかなかのもんじゃろ？」

爺さんが得意げな表情で口の端をあげる。

「凄いです。ぜひ、お姉さんたちのスカートの中が見てみたいです」

「……男どもは皆、そう思っておるのだろうな。ほら、あれを見ろ」

ステージから降りるお姉さんたちに花を贈るために待機する男性が五十人ほど見える。アイドルの出待ち並みだな。踊り子に選ばれる女性は美人コンテストで選ばれた美人揃いらしい。確かに全員が綺麗な顔立ちをしている。

（あれ、あれは……）

見間違いでなければ出待ちの集団の先頭にいるのはザックさんだ。最近知ったのだが、あの人は仔犬系のフリをした獰猛な肉食獣だ。先頭での猛アピールが凄い。楽しそうで何よりだ。そっと視線を逸らす。

爺さんと祭りや踊りについて雑談していたら、従者四人を引き連れた身長の低いちょび髭の男が声をかけてきた。

「これはこれは、東の商業ギルド長ではないですか」

「これはこれは、西のギルド長。何用だ？」

爺さんが舌打ちをしながら作り笑顔で答える。

「お見かけしたのでご挨拶にと。しかし、東の商業ギルド長は本日『お暇』なのでしょうか？」

ちょび髭め。明らかに爺さんに嫌味を言っていて感じが悪い。周りの従者もニヤニヤしているし。これは長く面倒な事になる前に先手だね。

「お祖父ちゃーん。足が痛いよー。おトイレ行きたいよー」

棒読みの泣き真似に加え大声で叫ぶ。くらえ、チャイルド爆弾砲だ。

爺さんも私の意図を読んだのか、小芝居に乗ってくる。

「おうおう、祖父ちゃんが悪かったよ。すぐにトイレに連れて行ってやるからの」

「抱っこして〜」

「……こっちへ来なさい。西のギルド長、申し訳ないがこの子をトイレに連れて行かねばならん。良い祭りをの、では」

西のギルド長はポカンとした表情で私と爺さんが去るのを見送っていた。ちょび髭の姿が見えなくなると爺さんに地面へと下ろされた。

「抱っこまで必要だったか?」

「足が痛い演技でしたので、スタスタと歩くのも不自然かと思ったのです」

「確かにそうであるな。お主の機転で今回は助かった。あやつと話すと長い上に嫌味しか言わん」

ちょび髭は西のギルド長で爺さんに何かとマウントを取らないと気が済まない性格らしい。

「それは、早く離れられてよかったです」

「ああ。しかし、お主は演技が上手いの。普段のお主を知らんのならコロッと騙されてたわい。さて、祭りもある程度堪能しただろう? 今日は帰るぞ」

「抱っこー」

「お主は何を言うとる」

「たまには子供らしく過ごそうかと思って」

ため息を吐きながら結局、爺さんは馬車まで抱っこをしてくれた。新しい靴で足が痛いのは本当なのでありがたかった。何度もヒールを掛けたが靴のサイズが少しきついのだ。

祭りに行くのにこんな服で? と始めは思ったが、中央街を行き交う人は全員ちゃんとした服装をしてたので特に不自然ではなかった。

帰りの馬車ではいつの間にか眠ってしまった。今日は色々あったけれど楽しい一日だった。

ミリーと別れた後のロイとミーナ

「ミーナ、やけに大人しいな。嫌味の一つもなしか？」

立てた仕事のスケジュールをおざなりに催し物の踊りを鑑賞しながら考え込むミーナの顔の前でロイが手を振る。

その手を軽く払い退け、ミーナがロイに尋ねる。

「あのミリアナという子供の魔法、会頭はどう思いました？」

「酷いと思ったぜ。確かに指を舐めたのは俺が悪かったが、いきなりのクリーンは酷いだろ」

ミーナがため息を零し、もう一度、尋ねる。

「会頭の気持ちを尋ねているのではありません。魔力についての話です」

ロイは元々魔力の感知に長けていないので、何が言いたいのか分からないと、ミーナは逆に質問を返されてしまう。

「魔力を一切感じなかったんです」

「魔力が低いのか？」

「いいえ、クリーンの発動は速く、かけられた箇所も完璧に綺麗になりました。魔法の扱いに長けているか、余程毎日クリーンを使っているかでしょうか？　不思議な少女です」

「躊躇(ちゅうちょ)なく俺にクリーンを掛けたから後者じゃねぇか？」

ミリアナのクリーンの話よりも、ステージ上の踊り子のスカートの中がどうなっているのかのほうが気になるというロイに、ミーナがジト目を向ける。

「会頭は普段からもっとクリーンを使用してください。殿下にもお叱りを受けましたよね？」

ロイは王太子レオナルドとの会食の際に、汚れた手のまま握手をしようとした時の話をミーナに持ちだされ笑う。

「ははは。確かに言われたな」

「私は会頭の殿下への不敬過ぎる態度に気を失いそうでした」

「王太子といえば、東ギルド長の爺さんのひ孫が頻繁に商業ギルドに出入りしている理由を調べろと言われたが、聞いた事あるか？　ローズレッタから絶縁してる孫娘の子らしい」

エンリケに女のひ孫などいたかと首を傾げながらロイはミーナに尋ねる。

「いえ、初めて聞きました。情報はそれだけですか？」

「ああ。意地悪だろう？　しかも、直接子供と接触するな。ギルドへの用件だけ確認しろ、だとよ。それが一番難しいって話だがな！」

「あの時、執務室で見えた子供でしょうか？　殿下にはギルドから情報を得るには時間が必要だとお伝えください」

ロイが踊りの終了したステージに拍手を送りながら笑う。

「だよねー」

「踊りも終了した事ですし、仕事に戻りましょう」

「分かった分かった」

ミーナに手を引っ張られ、アズール商会の出店へと向かったロイは親近感を覚えながら笑う。

「会頭、何を笑っているんですか？」

「いや、昔を思い出してな。ミーナは昔と変わらないな」

「昔とはいつの話ですか？」

「ミーナが俺に愛の告白をした時だ。うん」

「……話の捏造はやめてください」

キッとミーナに睨みつけられたロイは、初めて会った時の彼女を思い出す。

魔力が高いが故に人攫(さら)いの事件に巻き込まれ、アズール商会の従業員だった両親を失ったミーナをロイの父親である先代が不憫に思い引き取ったのが初対面だった。その時のロイのミーナへの第一印象は警戒心の高い、子猫のような年下の子、というものだった。

数年をアジュールにあるロイの実家で共に過ごすうちに、今と同じようにロイの怠惰な性格を引っ張る役目を自然と担うようになったミーナ。周りからまるで熟年の夫婦だなと揶揄(からか)われるまで時間はかからなかった。

「アジュールの話だ。こうやってよく、勉強をさぼる俺を引っ張って連れて帰っていただろ？」

「あの時は、会頭が家庭教師から逃げて釣りばかりしていたからですよ」

「そうだったな。懐かしいな」

露店の並ぶ一角に光る琥珀色の何かがロイの目に留まる。自分の手をつかむミーナの手を引っ張り、露店へと誘導する。

「会頭。商会の屋台はそっちではありませんよ」

「いいから。いいから。ちょっとだけの寄り道だ」

ロイが目的の露店へと着くと店には様々な籠が並んでいた。

「籠……ですか？」

「いや、これだ」

籠の横に無造作に並んでいた櫛と髪飾りをロイが拾い上げミーナに見せる。艶のある琥珀色と黒の交じり合う繊細ならせん模様にミーナが目を見開く。

「変わってますが、これは美しいですね」

「だろ。だが、ここの店主はこの価値に気づいてないようだな」

ロイが店主に聞けば、村の若い細工師に頼み込まれて、ジャイアントトータスという魔物で作ったこの装飾品を三つだけ置いているが、まだらなその色合いのせいでまだ一つも売れていないのだという。

ロイは作り笑顔を壊さずに内心舌打ちをした。

（お前の売り方が悪いだけだろ）

「あんた、これを気に入ったのなら銀貨一枚で全部譲ってやるぞ」

売れれば細工師も喜ぶだろうと、本来一つ銅貨五枚の櫛と髪飾りの値下げ交渉を店主が勝手に始めた。ロイは内心呆れながらも少し口角を上げ店主に返事をする。

「銀貨一枚か……そこの鳥籠はいくらだ？」

ロイが並んでいる中で一番値段の高そうな鳥籠を指して言う。

「あれは、小さいので一つ銀貨五枚だ」

「結構な値段だな。目を引くだけある」

「うちの村の特産だからな。貴重な木材で作った一級品だ」

「ああ。特にこの六ツ目編みは芸術だな」

ロイが鳥籠の技術を煽てれば煽てるほどポロポロと情報を漏らす店主。結局、鳥籠は購入せずに銀貨一枚で櫛と髪飾りだけを購入。ホクホクと嬉しそうに挨拶をした店主に手を振りロイとミーナは露店を離れる。

ミーナはやや笑いながらロイに尋ねる。

「会頭が鳥籠についてあのように詳しいとは知りませんでした」

「昔、釣り仲間のおっちゃんに習ったんだよ。それに細工師について調べるには大事な情報だろ。店主の言っていたサンサ村なら、ここから一日もあれば行けるだろ」

「すぐに商会の者を向かわせます。……やはり、会頭は凄いですね」

「なんだ。また愛の告白をしてくれるのか？」

ミーナが眉を顰めロイの腕を強く握る。

「おい！　そんなに強く握んなって。俺に惚れ込んだのは本当の事だろ！」

「商人の才にです。そこは間違えないでください」

「ミーナの照れ隠しも可愛いな。ちょっと止まってくれ」

ロイが先ほど購入した琥珀色の棒差しの髪飾りを、ミーナの纏められた濃い茶色の髪につける。

ミーナは遠慮したがもう付けたから返品は受け取らないとロイに言われてしまう。

「あ、ありがとうございます。ロイ様」

「久しぶりに名前で呼んでくれたな。髪飾りもミーナの髪色に良く似合っている」

やや赤くなったミーナの耳を見てロイが再び笑顔を零す。

「もう！　早く仕事に戻りますよ！」

ミーナは再びロイの手を引っ張り屋台へと向かった。

マカロン

「ミリー、注文を四番によろしく」

祭りが終わってから数日後のお昼。私は猫亭のランチ客をテキパキと捌いていた。通常運行だ。今日のランチはミルクチーズパスタと大麦とチキンのパエリア風だ。

カルボナーラの発音を何回言っても誰も覚えてくれなかったので名前を変えた。大麦パエリアは私が米と海鮮類を食べたいという欲望をぶつけたら、ジョーが試行錯誤して辿り着いてくれた。覚えているパエリアとは違うがこれはこれで美味しい。

祭りの純利益は金貨一枚と銀貨二枚だった。商業ギルドへの委託金の支払いがない分、儲けも多い。次回からはちゃんと委託の手数料を頂くとの事だった。

それから、ペーパーダミー商会からジョーへの給料として月々、小金貨五枚が払われる事となった。私は、報酬は金貨一枚であるべきだと粘ったがジョーが頑なに断った。小金貨五枚すら断ろうとしたので床に寝転がって駄々をこね、ジョーを説得した。

(床に転がる瞬間にこっそり掛けたクリーンはナイスタイミングだったね)

この話をしたら、ギルド長には何故か『お主はズルい』と言われた。解せぬ。

「ミリー、ギルドにはいつ行く?」

爺さんを含む商業ギルドの職員は今、絶賛大忙しだろう。祭りの直後にジョーと屋台の利益の話をした時も、とにかく慌ただしかった。来週までは特に忙しいと爺さんも言っていたので、ミカエルさんへの祭りの個人的なお礼は再来週でいいだろう。

ジョーに再来週にミカエルさんのお礼も持って行きたいと伝える。

「何か考えがあるのか？」

「あるけど、集める材料が多いから時間が必要かな……でも、たぶん数日あれば大丈夫だよ」

ミカエルさんは可愛い物が好きだ。そして可愛いといえばマカロンだ。

まずはアーモンドプードルが必要だが、もちろんそんな物は売っていないのでアーモンドを買い、下準備をしてフードプロセッサー代わりの風魔法にかける。まだ見つけていない物も多いが、食材は比較的豊富な国に転生できてよかった。

マカロンといえば可愛い色なので薬屋でクチナシを探す。

「ミリーちゃん、誰かの止血にクチナシがいるのかい？　大丈夫？」

「大丈夫だよ。これね、料理の色を付けるのに使うの」

「料理の色付けかい？　確かに色は出るけれど、ジョーの新しい料理かい？」

「……うん、そう」

ジゼルさんに要らない心配をされつつクチナシをゲット。八百屋で赤ビーツもゲットする。マカロンの色はこれで出せる、はず。

「お父さん、ミカエルさんのお礼の菓子を作る準備ができたよ」

厨房にいるジョーに声を掛けると両腕を組みながら問いただされる。

「ミリー、今日、砂糖を摘まみ食いしただろ」

「ソ、ソンナコトシテナイ」

へへへと笑いながら誤魔化すが、ジョーは明らかに犯行を確信している表情だった。まぁ、砂糖のスプーン食いをしたのは事実なので観念して謝る。

「美味しかったからつい手……スプーンがのびて。ごめんなさい」

ジョーがあまり食い過ぎるなよと頭をトントンと優しくさわる。

「それで、準備ができたといったか？」

「うん！　早速作ろう！」

一週間後、ジョーとの長時間の試行錯誤の上、白、赤、ピンクにレモン色のマカロンが完成した。

正直、うちのオーブンで良く完成したよ。奇跡に近い。ジョーの火魔法の調整がなければ無理だった。根気よく付き合ってくれたジョーに感謝。

マカロンの味はミルク、ラズベリー、リンゴにレモンだ。粉糖をかけたらでき上がり。

早速商業ギルドへ向かう。

ジョーはレシピ登録、私はいつもの執務室でミカエルさんとついでに爺さんにもお礼のマカロンを渡す。

「ミカエルさん、これは祭りのお礼です。気に入って頂けると嬉しいです」

ミカエルさんがマカロンの袋を開け、顔を近づける。

「こ、これは、とても可愛いですが、なんでしょうか？」

「お菓子です。マカロンと言います。食べてみてください」

ミカエルさんが、マカロンを一口齧(かじ)り沈黙する。あれ？　美味しくなかったのかなと声を掛けようとしたら肩をガッと掴まれた。

「なんですかこれは!?　味も食感も、このような物は初めてです。ミリー様、すぐに商品登録しますよね、ね、ね？」

ミカエルさんが近い。マカロンは、手間がかかるだけでなく材料費も高額。登録してもいいけど、多分……購入するのは貴族か富裕層だけだろう。

「登録は構いませんけど……これ、売れるのは貴族くらいだと思うんですけど、面倒な事にならないですか？」

ジョーのような料理に特化した火魔法使いがいないと、焼き上げるのも厳しいと思うけど。

「ミリアナ、前も言ったが貴族であろうと商業ギルドの情報は好き勝手には見られない。会頭のお主への面会申し込みが来ても断っておく」

無言でマカロンを食べていた爺さんが、なんともないような顔で言う。

「え？　貴族も断れるんですか？」

「ああ、唯一断れないのは王族と騎士団の特別要請だな」

「商業ギルドって結構権力を持ってるんですね」

まぁな、と爺さんが口角を上げ笑う。

祭りの後からペーパーダミー商会のレシピ売れ行きは鰻登りらしい。チュロスは他のレシピ価格より低額の銅貨五枚で公開登録したので一番売れているそうだ。粉糖は高価なので蜂蜜シナモンの作り方もチュロスにつけた。

「それから、ペーパーダミー商会を最近嗅ぎ回っておる奴らもいるので注意しろ。誰もお主が会頭だとは夢にも思わんだろうがな」

爺さんが楽しそうに大声で笑う。若干不安な顔で爺さんを見つめると危害を加えたいわけではなく、殆どがただ商売をしたいだけだと言われた。

「大丈夫ですか？」

「中には甘い汁が吸いたいだけの奴もおるだろうがな。貴族からも、レシピの購入はあったが今の所は面会の申し込みはない。そう、心配するでない」

執拗に調べたら木陰の猫亭までたどり着くだろうが……ここには地球のようなインターネットなどないので、調べるのにも相応の時間と労力が必要だ。

それに、下町を余所者が嗅ぎ回っても口を開く者はそんなにいない。猫亭のような宿は王都には数多くあるので、その一つの食事がおいしいからといって貴族の耳までは簡単には届かない。尋ねられてもギルドからレシピを買っていると言えばいい。それ以上の店へのレシピ事情の詮索は失礼らしいので、根掘り葉掘りは聞いてこないだろうと爺さんは言う。レシピの事は基本、商業ギルドへ問い合わせするしかないという事だった。

「今日、ジョーの奴は何を登録しに来たんだ？」

「酢オークです。甘酸っぱいオークと野菜の一品です」

酢とケチャップと蜂蜜のなんちゃって酢豚風なんだけどね。魚醤は、味が微妙になったので使用しなかった。まぁ醤油がなくとも意外に美味しくできた。ランチでは採算が合わないのでディナーでたまに出している。

「ギルド長、マカロンを登録したらしばらくの間、登録については休憩します。お父さんも登録の度に夜の営業を休まないといけないので。それでは、ディナーの客が他所へ流れてしまいます」

ジョーだって商会の事ばかりはできない。最近、商会の手伝いばかりをお願いしているせいで、猫亭のディナーを度々お休みにさせてしまっているのだ。

「そうであるか。分かった。実は私も十二の月からちと忙しくなるので丁度良かった」

「そうなんですね。それでは、マカロン登録の後はしばらく会えないのですね」

「なんじゃ？　寂しいのか？」

ニヤニヤしながら言う爺さんを無視して続ける。

「来年は、ジークをここに連れてくる事ができるかもしれませんね。冬には一歳になりますから、きっとすぐ歩けるようになります。そういえば、ギルド長も冬生まれですよね？　お母さんから聞きました」

「年寄りの誕生日などどうでも良い」

「何歳になるんですか？」

「……六十八だ」

「見えないですね。若いです」

「うむ。まだ老いぼれてはおらぬ」

爺さんが少し嬉しそうな顔をする。ひ孫のクリスに言われた『老いぼれジジイ』はそれなりに気にしていたのか。

登録も終わり、ジョーに肩車をしてもらい家路につくが、目の前のジョーの髪が気になる。

（ジョー、いつ頭を洗ったんだろう？）

石鹸（せっけん）はあるがシャンプーは見た事がない。髪に塗るオイルはあるけど富裕層しか買えない代物だという。髪をきちんと洗うという事は贅沢（ぜいたく）なのだ。クリーンがあるけど……魔力の関係もあるのかそんなに使われていない。

シャンプー、作ってみようかな？　私もシャンプーで髪を洗いたい。未だに桶（おけ）にお湯を入れて体を拭いているのだが、それも限界がある。そろそろ本気でお風呂に浸かりたい……

「ミリー、落ちないようにちゃんと俺の頭を握っておけよ」

「クリーン」

髪を触る前に元気よく唱える。

「おい！」

危険な屋上

「立ったぞ！　ジークが立ったぞ！」

十一の月に入りジークがついにつかまり立ちができるようになった。ハイハイ移動も凄まじく速く、ちゃんと見ていないといろんな物を掴み口の中に入れる。

後追いも凄く、マリッサの姿が見えなくなるとすぐ泣き出してしまう。離乳食にも大分慣れてきた。今は母乳と離乳食を半々与えている。おやつには特製の甘芋のボーロを作った。これはジークだけでなく、マイクたちにも好評だった。

離乳食が増えるのと比例してオムツも特大級の物になった。クリーンで掃除しているけどどこのオムツの中身はどこに消えているのだろう？　不思議。

(ジークがつかまり立ちできるように何かを作ってあげたいな)

私も経験したけれど、木のささくれは小さな手には危険なのだ。マリッサに改良できる低めのテーブルがあるかを尋ねる。

「要らない低いテーブル？　三階の使ってない部屋の家具か、屋根裏部屋にだったら以前ここのオーナーだった人が残した家具が置いてあるわ。でも、屋根裏部屋に入るのには屋上を通らないといけないから、行くなら私かジョーと一緒に行くのよ」

「はーい！」

とりあえず、三階から探す。現在、三階にはスミスきょうだいが住んでいるが、三人で一部屋を使っているので残りの部屋は以前のままだ。

猫亭の建物は、ジョーたちが購入する以前も宿屋として使用されていたという。そのオーナー夫婦は高齢のためここを手放し、宿に使用していた家具もそのまま残し引っ越したらしい。

「うーん。丁度いい家具がない。それにまた埃が凄い」

三階は時々換気をしているが、埃という物はすぐに溜まる。換気ついでに掃除をしてジョーに屋根裏部屋に行きたいとお願いする。

「あそこか。いいぞ。だが、何年も開けていないからな……汚いと思うが、大丈夫か？」

「……がんばる」

そうして四階から屋上に続く階段を上がり、初めて屋上に来たのだが……これは危ないな。まず、屋上にはどこにも柵がない。別の意味でのオープンスペースだ。それに、よく見ると、奥のウッドデッキの木板が剥がれ落ちてませんかね？　足場が悪く、これではいつか事故を起こすと思う。

「ミリー、こっち側だけを歩けよ。あの辺は危ないから」

あの辺と言われたウッドデッキは途中から変色している。

「ネイトはここで洗濯物を干してるって聞いたけど、危険じゃないの？」

「あの赤い線があるだろ。あれの内側にいれば落ちないから大丈夫だ」

「赤い線？」

雨風に打たれ、今にも消えそうな薄い赤の線が見える。

(大丈夫じゃないでしょ……)

とりあえず、屋上の床をこっそり土魔法で補強した。

「ここが屋根裏部屋だ。蜘蛛の巣があるし鼠が出るかもしれないから気をつけろよ」

屋根裏部屋は湿気とカビ臭の、こもった臭いがした。中は広いが物も多い。積み重なっている家具や箱が今にも崩れ落ちそうだ。

「これ全部、前のオーナーが置いていった物なの?」

「ほとんどな。前のオーナーはここを四十年ほど所有していたが、ここにはその前のオーナーの物もあるらしいからな」

四十年? この建物は思ったより古かったのかな。

「ここは築何年なの?」

「五十年くらいだ。最初のオーナーはここを建てた後にすぐに流行病で亡くなったそうだ」

王都の夏はそこまで暑くならず湿気は少ない。地震も一度も感じた事がない。木造建築でも築百年以上ある建物も多いと聞いた。

屋根裏部屋を進もうとしたが、途中からは足の踏み場もない。このジャンクの量は何!? 五十年の溜め込み恐ろしい……。別の出入り口はないのかジョーに聞く。

「入口はあるんだがな。荷物で埋まっている。無理矢理開けると、荷物が落ちてくるから危ないな」

そんなに物があれば、その内開けなくても落ちてきそう。

「入口はどこにあるの？　その下はどの部屋なの？」

「ああ……確かここだな。大きな箱があるからどっちみち開かないな。この下はミリーの部屋だ」

（え！　私の部屋!?）

ヒィ。こんな爆弾の下で私は毎日寝ていたの？

今夜から荷物が落ちて来るかもしれない不安で眠れなくなる！

大きな箱は、よく見ると木組みのようで高さがあるせいで中は見えない。飛べば上から中が見えるだろうが……上にもいろいろと荷物がある。

「お父さん！　これ落ちてきたら大変じゃない？　私が！」

「確かにそうだが、今まで落ちてこなかったから大丈夫じゃないか？」

呑気に笑うジョーをジロッと睨み、私の部屋に繋がる扉付近でジャンプをするといろんな軋みが屋根裏部屋に響く。

「今の音。私、今日から確実に眠れなくなるほど不安なんだけど……」

「確かに不安になるな。いい機会だし掃除をするしかねぇな。でも、これだけの荷物を出し入れするなら屋上をなんとかしないと」

「今すぐに大工に頼もう」

そして、修繕のため猫亭を訪れたのは改装工事でもお世話になった大工のギザさんだった。

「これはひでぇな。今にも屋根が抜けそうじゃねぇか。ジョー、よく呼んでくれた！」

屋上の状態にギザさんが、やれやれと口笛に似た音を出す。

「直りそうか？」

「まぁ、柵はもちろん必要だな。もう少し奥の状態が見たいのだが、一人だとちと危ないな。明日、また若いのを連れて来る。今日はもう屋上は使うんじゃねぇぞ」

ギザさんに注意され屋根裏部屋の探索は延期となった。

その晩、天井に土魔法で補強を掛けたものの、天井が落ちてくるのではないかという不安にかられて全く眠れず、結局はソファーで夜を明かした。

「ミリー、ここで寝たの？　風邪を引くわよ。天井が不安ならお母さんたちのベッドで寝なさい」

早朝にマリッサに起こされ、まだスヤスヤと眠るジークの横で二度寝をする。

それから昼過ぎにギザさんが体格のいい若い見習い二人とやって来た。

見習いの二人は、ギザさんの命綱を引っ張るための要員らしい。ギザさんは屋上の奥の部分へ直接確認しに行くという。そんな危ない事までして屋上の状態の確認と査定をしてくれるギザさんに感謝を込めて手を合わせる。

「ジョー、お前の娘はなんで俺を拝んでんだ？」

小一時間ほどでギザさんの見積もりは終了。修繕額は小金貨六枚だった。

「それぐらいで済むのか。良かった」

想像額より安く済んだのだろう、ジョーが胸を撫で下ろす。

「ジョー、良かったな。見た目ほど状態は悪くなかったぞ。もしこれ以上放置していたらいずれ全てを取り除かないといけなかったがな。そうしたら、金貨二枚はいってた」

腐食した箇所を取り除き、屋根を修復して柵を囲えば大丈夫だとギザさんが説明する。

「屋上はあまり使わなかったからな。まさか腐ってたとは。修繕をよろしく頼む」

こうして屋上の修繕が始まった。期間は十日ほどで終了すると言われた。

それまでは屋根裏部屋にも入れない。不安から自分の部屋では寝る事ができず、ジョーたちの部屋で寝る事にした。

(その期間、魔力枯渇ができないけれどちゃんと眠れるかな?)

そんな事を考えていたら、マリッサがジークをあやしながら子守唄を歌い始める。

あ！　魔性の……子守り……歌。

私はすぐに意識を手放した。


修繕工事は予定通り十日で無事に終わった。ボロボロだった屋上も綺麗なウッドデッキに変わっていた。これで私の不安が取り除かれる……ってまだジャンクたちが屋根裏部屋に積み重なっているんだった。

「お父さん、屋上を修理したから、もう一人で屋根裏部屋に行っても大丈夫？」

「そうだな。でも屋上に行く時は必ず俺かマリッサに声をかけるようにな。それから、大きな荷物は一人で運ぼうとするなよ。荷物を動かす時には冒険者を雇う」

冒険者への依頼は仕事幅が広いな。そんな雑用までやってくれるんだ。

とりあえず掃除をするといったが、今日はもう暗くなるから明日にしろとジョーに言われ、後ろ髪を引かれながら夕食の準備を手伝った。

次の日、颯爽と一人で屋上に向かう。この前はあまり堪能できなかったが、屋上からの東区の景色はなかなかの絶景だ。街全体に建物が敷き詰められている。猫亭は他の建物より高いので遠くまでよく見える。

（えーと、こっちが西か。魔法で遠くまで見えないかな？）

望遠鏡のような魔法……といっても、そもそも望遠鏡の構造が分からない。魔法で飛べばもっとよく見えるのだろうが……人に見られたり、あの辺の飛んでいる鳥に襲われたりするのも嫌だな。

絶景も楽しんだし、屋根裏部屋の掃除をしよう。

屋根裏部屋の扉を開けるとケホッと咳が出る。やっぱり埃っぽい。

この部屋に唯一ある窓を開けたいのだが、窓の手前の積み重ねられた木箱が邪魔だ。

木箱は五つ。一番上の木箱を風魔法で下ろす。中には以前の宿で使っていたと思われるランプや木簡、それから鼠に食われ巣にされたシーツ類が入っていた。鼠はご在宅していなかったのでよかった。全てをクリーン、箱を屋上のデッキに出した。

風魔法で飛び窓を開けると、流れ込んできた風で埃が舞ったが、屋根裏部屋の空気は格段に良くなった。冒険者を雇っても足元に大量の物があったら通る事もできない。これじゃ、ゴミ屋敷だ。

「クリーンかけるたくさん」

ある程度クリーンで埃などを綺麗にする。木箱のいくつかを並べ、まだ使用可能の物、よく分からない物、ゴミと三種類に分けた。

(これはなんだろう？　本？)

布に包んであった本を開くと日記だった。人の日記を読むのも捨てるのも気が引けたので、よく分からない物用の木箱に入れる。

数時間の掃除の末、床がやっと見えてきた。下に転がっていた物は殆どゴミだった。

精神的にも疲れたので木箱に座りながら持参したリンゴチップスを食べていると、置いてある机の棚口の剥がれた板の間に、何かが光って見えた。

剥がれてぶら下がった板を取り去ると、中から子供の私の両手に収まるほどの大きさの、鍵のかかった古い箱が出てきた。光っていたのは前面についていた鍵穴らしい。

試しに土魔法で鍵を成形して箱を開けてみる。

「おお！　開いた！　って……将来は泥棒にでもなれそうなスキル」

これはたぶん宝石箱だね。でも、中には何も入っていない。

箱の中の木目が擦れていて、奥行きにも違和感がある。

(あれ？　ここ、隠し収納になってる？)

その部分は引っ張っても押しても硬く開かないので、風魔法を使ってこじ開けるとバリッと鈍い音がして箱が壊れてしまった。壊れた箱の中には髪飾りと大粒の赤い玉が入っていた。

「ああ……壊しちゃったよ。中に入っている物は無事そう」

花の形をしたバレッタには小粒だが魔石も装飾され、裏には『愛する妻ラティシャへ』と彫ってある。魔石がついているこれは、以前爺さんが私にくれたロケットと同様、魔道具だ。

これ、前のオーナーの忘れ物なのかな？　でも、魔道具は貴重品だよね。隠した本人ならちゃんと引っ越しの時に持って行ったと思うんだけど。他に入っていただろう宝石類はないので隠し収納に気付かず別の誰かが上の部分にあった宝石だけを持っていったのかも？

赤い玉は綺麗な輝きだ。今まで見た物とは違い、魔石かどうかの判断はできない。一応、持っておこう。木箱は風魔法でこじ開けたせいで壊れたので、発見した二つの物はポケットへとしまう。

掃除のおかげで、私の部屋の真上にある例の大きな木箱まで足場ができた。今日はもう掃除は終わり！　残りは冒険者に頼んで取り除いてもらおう。しかし、この大きな箱には一体何が入っているのだろう？

「お母さん、屋根裏部屋の足場はできたから、今度、冒険者に頼んで椅子とか箱を動かしてもらえたら私も安心して眠れそう」

リビングでジークをあやすマリッサに声を掛ける。

「あら、ジーク用のテーブルはなかったのかしら？」

あ！　掃除に夢中で当初の目的を完全に忘れていた！　小さなテーブルはいくつかあったからどれかは使えるはず。

「明日また確認するね」

「明日はお手伝いの日でしょう？」

「そうだった。えへへ」

結局、屋根裏部屋を確認したのはそれから三日後、冒険者が手伝いに訪れた時だった。

来てくれた冒険者は二十歳くらいの青年で、無表情で頼まれた荷物を屋根裏部屋から運び出す。

「ジョーさん、この木箱の中身を上の荷物を取り除いて確認してもいいか？　このまま扉から出すのは無理だ」

木箱というのは例の私の部屋の真上にある大きなやつだ。

「ああ、そうだな。頼む」

邪魔な荷物を取り除き、冒険者の青年が軽々とその上に上がる。どうやら、中には中身の入っていない大小の酒樽が並べられているようだ。大きい物で私の身長より高い樽が一つ一つ、箱から出され屋上へと並べられた。これはブナの木でできた酒樽かな？　どの樽も随分しっかりとした造りのように見える。

「一階が飲み屋だった事もあるみたいだから、そん時に使われてたのかもな」

ジョーがコンコンと酒樽を叩きながら言う。

酒樽の並べられていた木箱は解体されたが、その奥から現れた物にジョーの顔色が変わった。

「困ったな。衛兵に相談するか……」

ジョーが舌打ちをする。同じく冒険者の青年も苦い顔をしている。問題の品は緑のマットが杭で打ち付けてあるテーブルだった。前世のカジノで使うテーブルに似ている。

「お父さん、これは何？」

「ギャンブル用のテーブルだ。ギャンブルは王国の許可がある場所以外では禁止されてる。この宿が許可されていたなんて聞いた事ねぇ」

「ジョーさん、どうする？」

冒険者の青年に問われたジョーは、迷わずすぐに返事をする。

「衛兵を呼ぶ。変に隠して疑われたくねぇしな」

ジョーが通報に向かって三十分くらいで、数人の衛兵がやって来た。衛兵の一人は猫亭襲撃の際に見た覚えのある人だった。どうやらこの地域を担当する王都衛兵の東区第二地域の副隊長らしい。

副隊長はテーブルを一目見ただけで頷いた。

「これは、確かにギャンブル用のテーブルだな。本日、ここで発見したと？」

「はい。掃除の際に出てきました」

「そうか。これは、証拠品としてこちらで引き取る。捜査が終わるまでここには誰も入れないでくれ」

副隊長はギャンブルテーブルを運び出すための運搬車とテーブルを隠す為の布を持って来るよう部下に命令をする。

「亭主、それでは、詳しい話は中で」

夕方前の誰もいない食堂のテーブルで、ジョー、冒険者、向かい合う副隊長の三人に私がお茶を出す。

「ありがとうね、お嬢ちゃん」

ジーク用のつかまり立ちテーブルを探していただけなのに、国で禁止されているギャンブルテーブルが見つかるという事態になってしまった。

そういえば、商業ギルドで詐欺にかけようとしてきたなんとか男爵の息子も、ギャンブルに溺れての犯行だと聞いた。賭け事に制御の効かなくなる人は多いし、ギャンブルマネーは闇深いから国が規制するのも理解できる。

「それで、掃除をしていたら出てきたと？　隣の若いのは従業員か？」

お茶を出したあと、食堂を掃除しながら三人の会話を盗み聞きする。

「いえ、自分は冒険者です。今日は掃除の手伝いで雇われていました」

「そうか。ジョー、以前のオーナーから何か聞いていたか？」

「屋根裏部屋には要らない家具ばかりだし、高齢の前オーナー夫妻は処分に困って、最初のオーナーから引き継いだ後も整理はしていなかったらしいです。俺も手をつけていなかったので、特に疑問に思いませんでした」

「心配するな。分かっている。見た感じも随分古く、脚の部分も鼠にやられていた。前オーナーとの契約書を後で確認するのでそのつもりでいてくれ」

「はい。もちろんです」

その後、衛兵の隊長も到着し、副隊長と同じような質問をした。衛兵の隊長も副隊長もジョーの事は疑っていない様子で、この日は何事もなくギャンブルテーブルは宿から運び出された。

（これで、ようやく部屋で安心して眠れそうだ）

屋根裏部屋の入り口には黄色いテープのような物が張られ、隊長からはまた明日詳しく捜査に来るのでテープには触らないようにと注意された。

次の日、ランチ終了後に隊長と共に猫亭を訪れたのは、名前の長い……襲撃事件の時の騎士だった。

あんな古いギャンブルテーブルごときで騎士の手間を煩わせるほど、賭け事って深刻なの？　そう思ったけれど、向こうでジョーと話している衛兵の隊長も困惑したような顔をしていた。

「久しぶりだな。亭主、それにミリアナ」

向こうは私の名前を覚えているけれど、えーと……

「お久しぶりです……騎士様」

「バートでいい。しかし、この短期間でまた事件か？　それとも、亭主が何か事件を引き起こしているのか？」

こちらをまるで試すかのようにバートがクククッと笑う。何が言いたいか分からないけど、ジョーがまるで犯罪でもしているような言いがかりはいただけない。

「事件ではないと思います」

「そうか？　それは、何故だ？」

「事件とは、前回のように被害があるものをいうと思いますが、違いますか？」

バートがそうだなと頷いたので会話は終了かと思いきや、

「なれど、ギャンブルは王国では規制されている。それを破るのは重大な事件なのではないか？　どう思う？」

内心ではぐぬぬと思ったけれど、笑顔でバートに返答する。

「バート様には感動感謝しております」

「何？　感謝とはどういう意味だ？」

バートにギャンブルが規制された年を聞けば、なんと十八年前との事。そこまで昔ではないが、ジョーとマリッサがこの建物を購入する十年以上も前の話だ。

「そうですか。押収されたギャンブルテーブルは見るからに数十年前の物です。使用していた人たちは下手したらもう亡くなっているかも知れないですね。それに、当時は合法であった可能性が高いので罪に問う事もできません」

予想するに王都には、百以上の宿や飲み屋がある。その多くが以前、合法だった時にはギャンブルの場を提供していたと考えれば、ギャンブルテーブルが見つかるなんてよくある事のはずだ。

「ほうほう。確かにそうだな。だが――」

「それなのに誉れ高い騎士様であるバート様を派遣していただけるとは、王国はなんと平和なのかと感動しております」

バートの言葉を遮り、畳み込むように演説を終了して鼻をヒクヒクとさせる。

「……ミリアナよ、前回は猫を被っていたのか？　以前と随分、印象が違うようだが」

（あ、調子に乗ってやりすぎた）

「ちょっと、おトイレに……」

困った時のトイレネタを出して逃げようとしたが、バートに肩を掴まれる。

「まぁ、待て待て。話をしようではないか」

「ミリー、おトイレ行かないと漏らしてしまいます」

子供っぽくコテンとあざとく首を傾げバートにアピール。

「そうか。では、騎士の権限を使いここにオマルを持って来させよう。ここですればよい」

「……やっぱりおトイレ行きたくないです」

何を言ってんだよ、この変態騎士。ジョーに変な難癖をつけてきたから考えなしに普通に反論したけれど、今思うと変態騎士の罠だったかもしれない。

「話をする気になったか？」

「用件はなんですか？」

諦めたように返事をすると変態騎士がニッと口角を上げる。

「この前の事件だ。本物のほうの事件だぞ」

「あの事件の犯人は捕まりましたよね？」

「その犯人を懲らしめた者がいる。ミリアナは何か知ってるはずだが？」

「おトイレにいたから分からないです」

「ほう……確か、トイレからは『みんなの声がしたから』出てきたのであったな？」

なんだろうこの流れ。これ、絶対また罠だよね？　変態騎士の笑顔は完全に悪役のそれだ。

困っていたら急にザックさんの声が変態騎士の後ろからする。

「バートじゃん！　ここで何をしてるの？」

「あ、兄上……」

兄上？　変態騎士はザックさんの弟なの？　あれ？　でも騎士って貴族じゃなかったっけ？

並んだ二人を交互に見たが、全く似ていない。ザックさんは中身は別として外見は子犬系なのに対して、変態騎士は蛇っぽいシャープな印象でザックさんより長身。

私に気づいたザックさんが首を傾げながら何故弟のバートと共にいるのかを尋ねられる。ある程度の事情を説明した後に、もじもじしながらザックさんに助けを求める。

「おトイレに行きたいんです。でも、バート様がオマルを持ってきて、ここでおトイレをしろと言うんです」

「バート？　そんな事をレディに言ったの？」

低い声でバートに問うザックさんの表情は、笑顔だが青筋が立っている。

「兄上、誤解です。いえ、確かにそのように伝えましたが、この娘が嘘をついたからです」

「おトイレに行きたいのは本当です！」

「トイレの話ではない！」

変態騎士と少しの間、睨み合う。

「バート、お前はそもそもなんでここにいる？」

「……調査のためです」

変態騎士が、調査のため詳細は教えられないと誤魔化しながらザックさんに説明していたのを、横から邪魔をする。

「屋根裏部屋にあった凄く古い鼠に齧られたギャンブルテーブルの調査です」

変態騎士が黙れと睨んできたが、ザックさんが間に入って呆れながら尋ねる。

「バート、そんな調査に騎士は不要だよね」

「くっ。確かにそうです。今回は私の勘違いのようでした」

変態騎士が作り笑いをしながら和解の握手を求めてくる。オマルでトイレしろと言ったのに勘違いも何もないが……ここで引いてくれるのなら握手くらいする。向けられた変態騎士の手と握手を交わすと、ぎゅうと強く力を込め握られる。

（イタタタ。ヘイ！　私六歳！　イタイヨ）

「バート！　大人気なく……子供に何をしているんだ！」

変態騎士はザックさんに引きずられ帰っていった。

「変態騎士め、覚えておれよ！　次回会ったら必ず……」

独り言を言いながら手にヒールを掛ける。

衛兵による屋上の捜査が終わり、猫亭には特に何も咎はなく黄色いテープを回収して彼らは退散していった。ジョーもホッとした様子でディナーの仕込みを始めた。

屋根裏部屋の掃除もある程度終了していたので、本来の目的のつかまり立ち用のテーブルを屋根裏部屋で探すが、ジークの身長に合うものがない。唯一使えそうな低めのスツールはあちこちにささくれがある。

危なさそうなささくれは風魔法を使いやすりをしまくる。やすりをし終わったスツールはまるで新品に戻ったのかのように艶が出た。

マリッサに、今後もささくれになりそうな部分を大きくて分厚い布で覆い、動物型にしてほしいと頼む。私がやってもいいけど、たぶん謎の生物になるのは目に見えている。

マリッサが笑いながら承諾してくれる。

「動物は何にしたいの？　いつもの猫かしら？」

「うん。黒猫がいいな」

数日後に完成したのは、大きなぬいぐるみの形をしたモコモコの黒猫のスツール。猫の目は私も刺繍を手伝ったので左右対称ではないけれど、愛嬌のある黒猫のつかまり立ち台ができた。

首輪にはジークの好きなボールをつけた。ジークを呼ぶと高速ハイハイでやって来る。

「ジーク、猫さんだよ」

やはり気になるのはボールのようで、四つん這いでは手の届かないボールを目掛けモコモコを掴みすぐにつかまり立ちをし始めた。来年にはきっと歩いているんだねとジークの成長の速さをかみしめる。

ジークは最近、指差す事や身振り手振りで感情を表現する事が多くなった。

「ねぇねだよ。ねぇね。ねぇね」

『ねえね』を覚えて欲しくて、何度も自分を指差しながらジークに声を掛けるのが最近の日課にもなっている。

まだ言葉を発する事のできないジークは、ボールに涎(よだれ)を垂らしながら「あーなー」と返事をする。その姿をマリッサが微笑ましそうに見つめている。

「ミリーはジョーにそっくりね。あなたが小さい時も何度もジョーはパパーパパーと言ってたのに、最初の言葉がパンだったからショックを受けていたわよ」

知ってる。ジョーのパパーパパーが凄かったから、パパンって呼んでやろうとしたらパンって出たんだった。その瞬間のこの世の終わりのようなジョーの顔は今でも覚えている。

マリッサが仕事に向かい、入れ替わりにマルクが手を振りながら入ってくる。

「こんにちは。わぁ、ジーク君、猫さんもらったの？」

ネイトもケイトも夜まで働いているので、三階に一人でいるのが寂しいマルクは、四階の私たちの部屋で過ごす事が多い。いつからか自然とマルクに勉強を教えるようになった。

「マルク、それじゃあ計算の続きをしようか？」

マルクが計算の勉強を始めて一か月ほどになる。言葉が通じるから文字を教えるのはそれほど苦労はしなかったのだが、一から計算を教えるって難しい。

最初にボールを並べ、一つずつ増やしては繰り返し口頭で数を教えた。ここは簡単にできた。次に数字を何度も書いて覚えてもらい、再びボールをランダムな数並べその数を書かせた。

それから、徐々に足し算を組み込んで数週間にわたり地道に頑張って教えた。教える側も根気のいる作業だった。現在マルクは二桁の足し算の練習をしている。屋根裏部屋で見つけた木簡はマルクの計算ドリルとしてリメイク中だ。

勉強も終わり、マルクがウトウトし始めたのでソファーで寝かせる。ジークはすでに夢の国へと出発していた。

私も枯渇気絶をして寝ようかと思った頃に、仕事に行っていたマリッサが戻って来た。今日は珍しく早い。寝る前に繕い物をするマリッサとの会話を楽しむ。

「ミリー、屋根裏部屋には他に何か使えそうなものあった?」

「古い物ばかりだよ。でも、まだ使える物もあるかも。あとは、誰かの日記があったかな」

仕分けの後、取り分けて部屋に置いていた日記をマリッサに見せる。人の日記を勝手に読むのは失礼だと思い、確認のために開けただけで後は読んでいなかったので、マリッサに内容を聞かれ少し戸惑った。

「確かに古いわね。もしかしたら本屋で購入した物かもしれないわ。例のテーブルの事もあるし、中を確認したほうがいいかも」

「日記帳じゃなくて、誰かの書いた日記が本屋さんにあるの?」

「そうね。他人の日記は意外と人気があるのよ」

日記は有名な探検家や魔法使いのものになれば写本して売られているらしい。だが、一般人の日記は世界にひとつしかなく、内容は購入しなければ分からない。内容によってアタリやハズレを楽しむ文化が富裕層にはあるらしい。中でも特に貴婦人の恋愛事情は大当たりだそうだ。

日記を開き、読む。劣化していて読めない箇所があるが、これはどこかで売られていた第三者の日記ではなく、前々オーナーの日記のようだ。髪飾りに名前が彫ってあったラティシャ――前々オーナー夫人の話も日記の中にあった。

日記を一通り読んだが、ギャンブルの話は何も書いてなかった。ギャンブルテーブルは古い物だが四十年以上も前の物とは思えない。テーブルを使ってたのは前のオーナーだろう。

日記の持ち主の前々オーナーは、文字を書けるだけではなく文章も綺麗。ある程度裕福な家の出身だろうと予想する。ラティシャさんと結婚後に今は猫亭となっているこの建物を建てたらしい。

建てた一年後に妊娠中のラティシャさんが亡くなってしまい、そこからは読むのが辛い内容だった。前々オーナーは結局、頑張って宿を切り盛りした甲斐もむなしく本人自身も流行り病で亡くなったようだ。日記の終わり付近は、曖昧な文章が多く手に力が入っていなかったのか、文字が崩れていた。それでも最後はラティシャさんへの想いが溢れるほど綴られていた。

日記をそっと閉じ、無言で表紙を見つめる。

「ミリー、日記は読み終えたの？　何が書いてあったの？」

繕い物から顔を上げマリッサが尋ねる。

「奥さんへの想いが綴られた日記だったよ。ギャンブルの話は何もなかった。この日記は私の部屋に置いていていい？」

「ええ、大切にしなさい。ミリー、私の膝の上においで」

マリッサは私の、今は亡き日記の持ち主への哀悼の意を感じたのか、頭を撫でて額にキスを落とした。もし彼らも転生をしているのなら、またお互いに出会えているといいなと心から願った。

ミカエルさんの提案

十一の月も後半、マカロンのレシピ登録のため商業ギルドを訪れる。いつものようにジョーは登録へ、私はすぐに爺さんの執務室へと直行する。

「来たか」

爺さんが目を向けていた資料から顔を上げ……たぶん笑っている？　たまに判断が難しいが機嫌は良さそうだ。

「はい。今年は商業ギルドを訪れるのは今日が最後ですね。例のマカロンの登録です」

「そうであったな。今日はお主の好きそうな菓子を買っておる」

ミカエルさんにお茶とその菓子を準備してもらう。

（大判のクッキー？）

早速、一口頬張る。

あ、いつものサクサクショートブレッドではなくしっとりとしたソフトクッキーだ。かなり好みの味だ。無意識に二個、三個と勝手に手が伸び次々と口に入れると、爺さんが焦ったように止めに入る。

「おい！　ゆっくり食べろ。クッキーはどこにも逃げげん」

「もぐっ、止まら、もぐっ、ないです」

「食べながら喋るな。ミカエル。残りのクッキーはひとまず下げろ」

急いで食べかけの物を口に入れ、両手に一枚ずつソフトクッキーを掴む。

「ミリー様……」

「……お主の食への貪欲さと執念が少しでも商売へ注がれればいいものを。菓子はあとで包んでやるから、両手の物はゆっくりと食べろ。喉に詰まってしまう」

爺さんとミカエルさん双方に可哀そうな物を見るような目で見られたが、食い意地は止まらずに両手のソフトクッキーも平らげ口を拭く。

「とても美味しかったです。これは新製品ですか？」

「ああ。アジュール出身の商会の新商品だ。あそこは貿易も盛んだから砂糖の価格も王都と比べて安い。最近はアジュールからの砂糖を使ったレシピも徐々に増えてきておる」

それはとても素晴らしい。ソフトクッキーなんて、今世は初めてだが前世でも最後に食べたのがいつだったか覚えていない。

「砂糖にお魚。なんて素晴らしい街なんでしょう。アジュールとアズールって名前が似てますね」

「お主は何をそんなに目を輝かせておる。まぁ、アズール商会は元々アジュールで発足されたものだ。このクッキーのレシピもアズール商会傘下の商会の物だ」

それゆえ、アズール商会は他にもアジュール産の真珠や珊瑚(さんご)などの装飾品が有名なのだという。

確かにアズール商会を訪れた際、お店には真珠や珊瑚のアクセサリーが数多く並んでた。

アジュールの真珠は養殖しているのかな？　海は前世と同じなのだろうか？

（真珠の貝ってどんなのだっけ？　牡蠣だっけ？）

「アジュールの牡蠣は美味しいですか？」

「また食べ物の話か……牡蠣であるか。どこで聞いた？　あれはなんともいえない味だ。アジュールでは黒っぽいソースと食べるのだが、私は苦手だ」

爺さんが牡蠣の味を思い出したのか苦い顔をしたが、ミカエルさんに尋ねれば美味しかったと返答された。好き嫌いが分かれる味なのかもしれない。

「黒っぽいソースは醤油ですか？」

「しょうゆ？　なんじゃそれは？　黒いソースの名は海のソースというそうだ。レシピは公開されていない」

海のソース……たぶん魚醤だな。何故か油屋で取り扱われている商品でニナの家の店にもある。同じ物なら絶対にレシピは公開しないだろう。きっと誰も食べなくなる。王都の人はただでさえ臭いや苦い食べ物に敏感な人たちが多い。入浴は気にしない人が多いのに……解せぬ。

おかげで未だにカレーが作れていない。ジョーにはベネット商会からもらったスパイスでカレーの作り方の説明をしたのだが、スパイスの混じった香りが強烈すぎると厨房で作るのを許可してくれないのだ！

「あの、ミリー様。マカロンの公開はいつを予定していらっしゃいますか？」

ミカエルさんが真剣な顔で尋ねる。

「マカロンですか？　特に決めていませんでしたが、順番通りならまだ先になりますね」

「もし良ければ、マカロンのお店を出しませんか？」

「お店ですか？」

うーんと唸る。マカロンの店……採算合う？

「難しいでしょうか？」

キラキラと輝くミカエルさんの視線をぶった切るのも心が痛いけど……砂糖代だけでも一個小銅貨四枚ほど。他の材料や人件費、税金に家賃……原価を考えると儲けが少ない。

「難しいというより、砂糖のせいで原価が高いので銅貨二枚くらいの値段設定じゃないと厳しいですよ？　タルトタタンの数倍小さい菓子を銅貨二枚で購入したいと思うでしょうか」

「確かにマカロンには砂糖がふんだんに使われていますね。貴族だったら購入するが、一般の人は流行ればというところ……」

「そうなんで――」

「でも、マカロンは美味しく可愛い！　とにかく可愛いので絶対に売れるはずなんです！」

グッとミカエルさんの顔が目の前に来る。近い近い。彼のマカロンへの愛にやや押されもう一度心の中で店について再検討する。

（お店かぁ。成功すればいいが失敗した時がね。マカロンだけじゃ心許（こころもと）ないんだよね）

ちらりとミカエルさんの顔を覗くとシュンとしている。爺さんは静観。

「お店自体は反対ではありません。ただマカロンのみの店は不安です。それに初期費用や改装費用などを把握して判断したいです。砂糖を使った菓子のレシピは他にもアイデアがありますので、作ってみます」

　失敗すれば家族にも迷惑が掛かるからすぐには決められない。ミカエルさんには、今後作る菓子のレシピは公開せずに計画を練りお店を開業するか決めたいと伝えた。

「はい……いい案だと思います。ミリー様、申し訳ございません。マカロンが愛おしくて先走りしました」

　マカロンが愛おしい……初めて聞くセリフだよ。今度、木工師にミカエルさん用にマカロンのストラップでも作ってくれるように頼もうかな。また奇妙な物をって木工師に言われそう。

「お主は意外と慎重派なのだな。性格からして突っ込んでいきそうなのにな。しかしどこの六歳にお主のような提案をする奴がいるのか。本気でギルドの商人になってみんか？」

「私はいつでも慎重です！」

「ほう。目を離せば、隠し部屋を発見したり、知り合いの商会に連れて行けば自ら迷子になろうとしたりするお主がか？」

「そんなの記憶にございません」

　どこかの政治家のようにスンと真顔になる。爺さんのギルドの商人にならないかという提案も今は丁重にお断りする。爺さんは、ククッと笑いながらミカエルさんに出店に関する資料や費用、候補の物件を集めるように命じる。

「来年の春ごろにまた話をすれば良い。お主ならそれまでには他の砂糖菓子のレシピをいくつか準備できるであろう？　砂糖を使うレシピは希少ゆえ、今は登録審査も通りやすいぞ。良かったな」

レシピには審査がある。すでに登録されている物と類似してる場合は審査が通らない。私たちのレシピでも過去に通らなかった物はいくつかあった。例えばブルストロガノフ、登録されているブルの煮込みと酷似しているという理由だった。

「よろしくお願いいたします」

二人にペコリと礼をする。

「一応、お主の保護者であるジョーに承諾を得ねばな。一応な」

ジョーがマカロンの登録から戻り、店の開業に関しての説明をミカエルさんから受ける。

「お店ですか？　反対ではないですが、開くとしてもミリーはあくまでも裏方でお願いしたいです。まだ六歳ですので、トラブルや変なのが寄ってこないか心配です」

「ジョー、お主の心配はもっともだ。実務については商業ギルドに委託するという手段もある。先ほども言ったように詳細は春に話し合い最終判断をすればよいし、お主たちは砂糖菓子の新しいレシピでも楽しく考えておればよい」

ジョーの許可も出た。話し合いは終了したので立ち上がり爺さんに挨拶(あいさつ)をする。

「ギルド長、ミカエルさん、いい新年を迎えてください。来年はジークとギルドに来たいです」

「お主もな。マリッサによろしく伝えてくれ」

商業ギルドを後にする。そういえば爺さんはなんで年末は忙しいのだろうか？　どこかへ出かけるのかな？　聞いておけばよかった。

匂いと臭い

十二の月に入り、王都は一気に冷え込んだ。例年に比べ一番寒いのではないかという日にジョーと二人で猫亭の屋上に立っている。

「お父さん、寒い」

「ミリーが、かれーだったか？　それを諦めないからだろ？」

「厨房でもいいいじゃん」

「ダメだ。あんな香りの強いスパイスを厨房で使ったら宿中が臭くなる」

そう。カレーをどうしても食べたいのだ。

屋根裏部屋にあった色々な物を駆使して組み立てた焚き火台付きのテーブル――ファイアーピットテーブルを屋上に設置。ここでカレーを作るのだ。網などは鍛冶屋に作ってもらった。

颯爽（さっそう）と組み立てたテーブルを見て、ジョーが頭を抱えいくらお金が掛かったのかを尋ねる。

「そんなにお金は掛かってないよ」

嘘だ。態度に出ていたのだろうかジョーのジト目を感じる。

「なんで目を逸らす。いくらだ？」

「……銅貨八枚」

「八枚……そんなにかれーが食いたいのか!?」

「食べたいに決まってるじゃん！　お父さんだって一度食べたら絶対カレーの虜だよ」

ジョーがため息をつきながら、仕方ないなとカレー作りに付き合ってくれる。そうこなくっちゃ。

作るのは鶏のカレーだ。オーク肉も捨てがたいが鶏のほうが短時間で作れそうだった。

下準備ができたのでカレー作りに取り掛かる。

「最初はどのスパイスだ？」

「ホールスパイスだけの奴ね」

ホールスパイスの中身はローリエ、シナモン、カルダモン、クローブ、フェンネルシードだ。ちなみに全部薬屋で手に入る。クチナシの件もあるし、そろそろ本気でジゼルさんに心配されそうだ。

火にかけたホールスパイスから香ばしい匂いがしたら玉ねぎ、ニンニク、ショウガを投下。

「火が少し強いな」

ジョーが火魔法でよい塩梅に火の調整をする。さすが料理に毎日火を使っているだけある。

「次はカットトマト瓶、そのあとに肉だったか？」

「うん。先に、この香辛料屋で貰ったスパイスたちだよ」

ジョーに、ベネット商会のアイザックさんから貰った粉状のクミンを含む、カレーに欠かせないスパイスを渡す。ジョーが袋の中の匂いを嗅ぎ眉間を摘まむ。

「やっぱり、すげぇ強い香りだな。大丈夫か？」

「大丈夫だって！　混ぜ混ぜしたら水を足してトマトと肉だよ。野菜がドロドロなるの嫌だから少し煮込んで野菜を入れよう！」

しばらく具材を煮込みながら準備していたナーンの生地を焼いていく。

「スパイスが全部トマトと混ざると食欲をそそる匂いだな。しかし、このパンはヨーグルトを入れて生地にするとはな」

「パンじゃないよ。ナーンだよ」

「なんだよ」

「お父さん……」

こちらにも親父ギャグがあるのだろうか？　今のは故意的なジョークなのだろうか？　分からない。ジョーが何もなかったかのような顔でできたナーンを摘まみ食いする。

「頃合いか？」

ジョーが蓋を開けると一気にカレーの濃い匂いが屋上に漂う。

「うわぁ。いい匂いだね、お父さん」

深呼吸をするようにカレーの匂いを身体に取り込む。

「ミリー、匂いを吸ってんのか？」

「いい匂いでしょ？　早く食べたいね」

残りのナーンが焼けるのをジョーと眺める。

「ミリー、寒くないか？　今年は去年より寒くなるのが早かったからな」

ジョーが風よけをしてくれる。実は少しだけ魔法を使って私たちの周りを温めてはいたが、風が吹く度にブルルと震えていたので助かった。

「ジークは、白い息を見てキャッキャッ言っていたよ」

「はは。ジークはもう少しで一歳だな。元気に育っているようでよかった。あっという間に成長しそうだな。リサも大きく育ってくれればよかったんだがな……」

ジョーが何かを考えながら遠くを眺めて言う。

「リサって名前なんだね、お姉ちゃん。可愛い名前だね」

ジョーが私の返答にやや驚いた顔をしながら答える。

「あぁ、可愛い名前だ。こんな話を急にミリーにしても分からないな。ごめんな」

「リサお姉ちゃんも家族なんだからいつでも話していいと思うよ。ジークにもいつかリサお姉ちゃんの話をしないとね」

「……そうだな、ありがとうな」

ジョーを見上げると目を細めながら頭を撫でられた。

「あ！　お父さん。カレー、焦げちゃうよ！」

ジョーが急いでカレーの鍋を火から下ろし、トロトロと皿に注ぐ。黄金の色が神々しい。

「「いただきます」」

早速、ナーンをカレーにつけ口に入れる。

あー、これこれ。何年も食べたかった味だよ。まだ子供舌なので唐辛子は除外したが、それでも少し辛い。でも美味しい。ナーンとも合う。

（ジョー、やけに静かだな）

隣を見れば一心にカレーを食べるジョー。

「おい、ミリー。なんだよ、これ！　こんなの食った事ねぇぞ。口の中でいろんなスパイスが混じり合って凄いの一言だ！　おかわりだ」

「お父さん、ちゃんとみんなの分も残しておいてね」

今日の猫亭の賄い（まかない）にはカレーがでた。マルクには少し辛すぎたみたいだ、ごめんね。他のみんなは美味しい美味しいと食べてくれた。カレーは残る事なく完食された。

王都の人は強い刺激臭のする食べ物が苦手だと聞いていたけれど、カレーは別腹だよね！

また作ろっと、なんて呑気に考えていたけれど……その日はいつになるか分からない。何故なら後日、数軒先のご近所にまで臭いと文句を言われ、ジョーからカレー禁止令をだされてしまったのだ。風魔法で匂いを囲むべきだったな。ごめんなさい。


カレー臭い問題から数日後、猫亭は冬の静かな時期に入る。この時期、常連は多いがお客の人数は少ない。冒険者もこの期間は仕事のある南の暖かい地に移動する人が多い。

特に今年は例年と比べ異常なほど寒いから、王都外から訪れる商人などが少なく、人気のなさは尚更だ。寒いといっても実際は氷点下ではない。王都は元々比較的温暖な地方だから人も建物も寒さに対応していないのだ。私を含めみんな寒がりなのだ。

今日はお手伝いの日、ポツポツと下りてくる朝食客に挨拶（あいさつ）をしながらトレーを運ぶ。

「はい。朝食の鶏と大麦のスープとパンです。小銅貨三枚です」

「ミリーちゃん、ありがとう。今年は特に寒いのにこの食堂は温かいね」

うん。こっそりと火と風魔法を合わせた、ヒーターを真似た魔法の温風を食堂に流しているからね。寒い中で朝食なんてお客さんも食べたくはないだろうしね。しかし、早く暖かくなってほしい。

「ゆっくり食べていってくださいね」

朝食のお手伝いも終了したのでネイトの手伝いに向かう。この時期の水仕事は本当に辛い。先日ネイトの手が水作業で真っ赤なのに気がついた。少しでも暖をとってもらいたくて、カレーのために作ったファイアーピットを井戸の近くに置いている。ネイトも洗濯時に利用してくれているようでよかった。さて、客室の掃除に行くか。

向かったのは、掃除用木簡の出ていない部屋。ここはもう一週間掃除をしてない。

「木陰の猫亭のミリーです。掃除にまいりました」

ドンドンと客室のドアを叩く。ほとんどの客室は昼間には誰もいない事が多い。木簡が出ていない限り掃除はしない事になっているが、一週間に一度は希望しなくとも必ず掃除する事が決まっているのでドアを開けた。

「お客さん、大丈夫ですか！」

ベッドの側に倒れていた男性の元へ駆け寄る。額を触ると凄い熱なのでヒールを掛ける。熱は少し落ち着いたようなので、ひとまずベッドへと――

「き、汚い！　クリーン！　クリーン！　クリーン！」

恐ろしく汚かったベッドに無差別クリーンを掛け、男性の意識を確認する。意識がないせいか、苦しんではいない。

(これなら大丈夫かな)

風魔法で男性を持ち上げベッドに寝かせる。もう一度、体調の悪い原因を掴むために魔力を流しながらヒールを掛けようとしたら、マリッサの声がしたのでドアから顔を出し返事をする。

「お母さん、ここだよ。この部屋のお客さんが床に倒れていたからベッドに寝かしてた」

「そうなの？　大丈夫かしら？」

「あ！　お母さん！」

「布でしょう？　ちゃんと部屋に入る時にはつけるから、心配しないで」

その後、意識の戻らないお客さんを心配してマリッサはジゼルさんを呼んだ。

「このお客さん、倒れていたのかい？　この時期に多い喉の腫れる風邪だと思うが、熱がないのが不思議ね。別の病気なら白魔法使いの神官を呼ぶって手もあるよ」

喉からくる風邪だったのか、神官を呼ぶとお金が掛かるので呼ばない可能性が高い……

(ヒールは使えるからこっそり治そう)

ジゼルさんが帰宅した後、お客さんの部屋を訪れ喉を中心に必要な場所にヒールを掛けた。

翌日、男性は意識を取り戻したが、体力まではヒールではどうにもならなかった。

その後数日間、ジゼルさん特製の薬草カクテルを飲ませたおかげか男性はかなり元気を取り戻し、自力で食堂まで下りるほど元気になった。さすがジゼルさんの薬だ。

「この度は世話をかけてしまい申し訳ない。まさかあの様な酷い風邪を引くとは思わず。本当に助かった。お礼なんですがね、こちらを受け取ってほしい」

男性が蝋引き紙から取り出したものを凝視する。

これ！　石鹸だ！　しかも灰のやつじゃない。灰のやつは獣の脂を使ってるから独特の香りがする。猫亭では、もっと安く手に入るムクロジの実を使っている。

「お客さんなので当然ですよ。お礼は大丈夫ですから」

マリッサが断ろうとするのを上目遣いで見上げる。

(マリッサ！　頼みます！　お願い、石鹸を受け取って！)

「ミリー、どうして私のスカートにしがみついているの？」

「それでは娘さんにあげるというのはどうです？　娘さんにお世話になった礼だ」

男性に石鹸を目の前に出されたのでマリッサをチラっと見れば、仕方ないわねって顔をしてる。

やったね！　両手を上げ喜びながら答える。

「ありがとうございます！」

男性はビヨルドさんといって、南の地域から王都を訪れた商人らしい。本当は商会の荷馬車で仲間と帰る予定だったのだが、急な商談で一人、王都に残っていたとの事だった。

「いやぁ、冬の間の遠距離乗り合いの本数が少ない事を完全に失念していてな。次の便が二週間後と言われて途方に暮れていた。この宿に滞在できてよかったよ」

猫亭に滞在した最初の晩から徐々に体調が悪くなり、数日経っても治らず、助けを求めようと立ち上がり気絶。私が発見するまで床に倒れていたらしい。

ビヨルドさんの商会は主にオリーブ石鹸やクリームを取り扱っているらしい。石鹸を受け取りながらジョーの頭の事を思い出す。

「これでやっとお父さんにシャンプーが作れます」

「しゃんぷーとはなんですか？」

「髪を洗うための石鹸です」

「髪を洗うための？」

え？　ビヨルドさん、なんで疑問形なの……まさか、石鹸を取り扱っている商会なのに髪を洗わないとかないよね？　ね？

この世界では私の知る限りみんな、髪は水で流すだけで済ませている。臭いがしたらムクロジの実を使うのだけれど、あの実は髪につけると余計生臭くなる。クリーンがあるのに、何故かあまり使われない。

「ビヨルドさんは、髪を洗いますよね？」

「あ、ああ。石鹸で洗っても軋みが残るだろうと思っただけで、洗わないわけじゃないよ」

「それなら、オリーブオイルを加えれば大丈夫ですよ」

前世の石鹸の作り方は残念ながら記憶にないが、石鹸教室の案内にシャンプーの作り方がイラスト付きで載っていたのを覚えている。

「案外、簡単にできますよ」

「もし良かったら作っているところを見せてくれないか？」

ビヨルドさんの見学は構わないのだけれど、作業場がない。厨房はジョーの縄張りなので使えない。ビヨルドさんの部屋は……ジョーとマリッサの双方から許可が出ないだろうな。数日前もビヨルドさんの件で、男性客だけがいる部屋には一人で入るなと怒られたばかりだ。

マリッサに許可をもらって空いている客室を使う事になったが、二人きりにならない条件としてマルクを伴う事になった。準備をして後ほどビヨルドさんと落ち合う事になった。

「マルクがいてもドアを開けておけ」

ジョーに注意される。この国の親は、未婚の娘が家族でない男性と二人きりで密室にいるのを異常に嫌う。まぁ、理由は分からなくはない。けれど、ビヨルドさんは私を孫のように見ているから杞憂だと思う。ジョーたちの心の平穏のためにマルクを道連れにする。

「マルク、ありがとうね」

「いいよー。僕、今日は何もしていなかったから。しゃんぷー作り楽しみ」

マルクは本当に優しく賢い子に育っている。

材料を全てマルクと一緒に抱え、ビヨルドさんと共に空き部屋へ入る。

「これが全ての材料なのか？」

「はい、では順にシャンプーを作りますね」

石鹸をすり潰し、お湯を入れながら混ぜ、オリーブオイルを加える。

「ミリーちゃん、ゆっくり、泡立たないように混ぜるんだね」

マルクとビヨルドさんも同じように混ぜる。

液体がサラサラになったら最後に香り付けのエッセンシャルオイル。今回はニナからもらったラベンダーのオイルを入れる。

「このオイルは凄いね。ラベンダーの匂いが凝縮されている。この液を髪につけて洗うのかい？」

「そうです。良かったら試してみますか？　洗いますよ」

断ろうとするビヨルドさんを無理に座らせ、桶を準備。ビヨルドさんの髪を洗う。たぶん汚れで泡立ちが悪いので一度流し、再度シャンプーをつけ洗う。

うん！　綺麗に泡立った。水で流し、マルクがタオルでビヨルドさんの頭を拭く。

「これは凄い。毛がしっとりしている。是非ともこのアイデアを売ってくれないか？」

髪の仕上がりを見たビヨルドさんの顔つきが変わったので、聞かれるだろうとは思っていた。

「うーん。条件を守ると約束していただければ、無料で差し上げます」

「ふむ。条件とは？」

ビヨルドさんに、シャンプーを売る際、平民には可能な限り低価格で売ってほしいという条件を出す。難しい顔でやや首を傾げたビヨルドさんにシャンプーの利益は高級路線で補えば良い、改良して貴族に高額で売ればいいと畳みかけると最後には頷いた。

「あ、それから、もう一つ。このシャンプーは私が作ったとは誰にも言わないでください」

「それでは、ミリーちゃんには何も得がないように思うのだが？」

「ありますよ！　平民の間で流行れば臭い頭が恥ずかしくなりますから！　たまに数週間以上洗わ

ずとも平気な人がいるのです！　不潔は病気の元なんです！」

　急に早口でまくしたて息切れを起こす幼女へのリアクションに少し困りながらも、ビヨルドさんが手を胸に当て誓う。

「シャンプーに関しての条件を守る事をバルティ様に誓うよ」

「ありがとうございます」

　その後、ビヨルドさんに大量の石鹸（せっけん）やクリームを頂く。初めは受け取るか迷ったけれど、お礼は受け取らないとね。

　頂いた物の中には高級そうな四角い入れ物の蜜蝋（みつろう）クリームもあった。私は普段から手荒れにはヒールを掛けているので、高級クリームはマリッサ、ケイトそれからネイトにあげた。

　今日作ったシャンプーの残りで家族とマルクたちの髪も洗った。みんな自分の髪のしっとり具合と香りにとても驚いていた。ビヨルドさんの商会が早くシャンプーを売り出してくれないかな。頂いた製品はどれも高性能なので、きっとシャンプーも今より改良されるだろう。

　数日後、ビヨルドさんは予定通り猫亭を出発した。出発前には何度もお礼を言われ、また必ず泊まりに来るからと手を振って去って行った。

◆

　ビヨルドの商会は後にミリアナのシャンプーを改良、『ミナ』と名付け登録発売した。良心的な値段と使いやすい事から平民の女性を中心に爆発的に売れた。貴族用のシャンプーは贅沢な香油を使った物で貴族の日常必需品となった。

商会は数年後には王都に進出、再びミリアナから得たヒントから様々な石鹸の開発に勤しんだ。

それから程なく、ビヨルドの商会の石鹸屋は後に国民の清潔を保つために尽力したとして王公認の店となった。

シャンプー『ミナ』がミリアナの名前からつけられた事を知っているのはビヨルドだけであり、名前の由来を誰が尋ねても彼は亡くなるまで語らなかった。

マルクが温かいお茶を啜りながら木簡（もっかん）の足し算ドリルを解く。毎日真面目にドリルをこなしているマルク。引き算を始めても大丈夫かもね。

「四階は本当に温かいね」

「三階は寒いの？」

「ちょっとだけね」

ネイトは去年の冬も今年も何も言っていなかったが、四階は私の温風魔法が効いてるから温かいけど、三階はスミスきょうだいしかいないので寒いはずだ。

一、二階の客室はまだ厨房のオーブンからの熱気でセントラルヒーティングのような物があるが、三、四階にはその温かさはあまり届いてない。うーん……寒いのはまだまだ二か月は続くと思うんだよね。

「お母さん、寒い間はマルクたちも四階に住めば良いと思うんだけど、部屋なら余ってるよ」

三階の寒さを確かめに行ったマリッサがすぐにジョーと相談。スミスきょうだいは数日後には四階へ移って来た。賑（にぎ）やかになってとっても良い。

「旦那さん、女将さん。冬の間、よろしくお願いします。四階は本当に温かいですね」

「太陽がよく当たるから暖かいのかしらね？　まさか三階があれほど寒いなんて、早く気づかなくて悪い事をしたわね」

「ネイト、これからは我慢せずなんでも相談してくれ。できる限り対応するからな」

使用していない部屋の一つにネイト、もう一つをケイトとマルクが使う事になった。この事でマルクはオマルを卒業したいと嘆願していた。

分かるよ。その気持ちすごく分かる。マルクはもう昼間はほぼオマルを卒業していたが、夜だけはまだオマルを使用していた。

スミスきょうだいの寒さ問題も解決。今日の猫亭のお手伝いを開始する。

「おっと！　穀物屋の配達が間違ってるな」

ジョーが積まれた麦袋の確認をしながら困った顔をする。

「麦に見えるけれど、ちょっと色と形がいつものと違うね」

ジョーが言うにはこれも大麦には変わりないが、粘りが出るので使いたい料理に合わないという。

これ、もしかしてもち麦かな？　それならあれができそう。フフと独り笑う。

「お父さん、これ私にちょうだい！　美味しい物が作れそう」

「これでか？　結構量があるぞ」

ジョーが積まれた麦袋の山を指差す。

「……そんなにいらないかも」

「こいつらは返品交換するが、その時に同じ物の小袋を買っておいてやるよ」

ジョーがククッと笑いながら麦袋を荷車に積む。

「お父さんありがとう！　ついでに大豆もお願い」

「大豆ならまだあるぞ。これで足りるか？」

ジョーから小袋の大豆を分けてもらう。

もち麦で食べたいレシピを色々と考えたが……どれも米がいる。米は未だに見つかっていないので、今回は前世の田舎のお婆ちゃんが作っていた、もち麦きな粉玉を作ろう。

次の日、いつも配送をしてくれる穀物屋の親父さんが詫びに来た。

「ジョー、悪いな。俺の息子が最近手伝いを始めたんだが間違えてしまったらしい。お詫びにこれを受け取ってくれ」

穀物屋がジョーに大きな袋を渡す。

「なんだ、これは？　こんなにもらっていいのか？」

「南豆だ。最近、南から入ってきたもんだ。煎るとうめぇんだが、まだ王都では新しくてよ。大量にあるが売れない。乾燥させてっからそのまま煎ってくれ。これがよく酒に合う」

「そうなのか。じゃあ、ありがたくもらうぞ」

ジョーがお詫びにと受け取った南豆と呼ばれるものはピーナッツだった。

「お父さん、南豆も食べない分はもらっていい？」

「ああ。流石にこんなには食えねぇな」

とりあえずもち麦を水に浸す。その間にピーナッツと大豆をジョーに煎ってもらうと香ばしいピーナッツの香りが厨房に漂った。

「南豆と大豆はこんな感じだな」

「ピーナッツ、凄くいい匂いだね、お父さん」

「ぴーなっつ？　それは『南豆』ってよりもいい名前だな」

ジョーがピーナッツの名前を気に入ったところで、二つの豆のゴリゴリを開始する。ジョーはすぐに大豆を粉状にしたが、私はすぐに腕が痛くなる。ジョーが見ているから魔法が使えない。もたもたする私を見かねてジョーがゴリゴリ選手交代をする。

「これ、時間もだが体力もいるな。ミリーにはまだ無理だな」

「私は食べる専門だね」

ジョーが力が抜けたかのように笑う。ゴリゴリを始めて十分、ピーナッツがペースト状に変わると、ジョーが興味深そうに少し手に取り指で擦る。

「水も入れてねぇのにこんなになるのか？」

「油分が多いからじゃないかな？　大豆のほうはサラサラだよ」

時間はかかったが、砂糖や油で調整。ピーナッツバターときな粉ができた。きな粉には砂糖を加えたがピーナッツバターは加えずそのままにした。

二人でピーナッツバターを味見する。

「味が濃厚だな。口の中にベッタリと引っ付く。不思議な感触だ」

「お父さん、砂糖はどこに片付ければいいの？」

「それなら――って、ミリー、そんなのに引っかからねぇぞ」

チッと内心舌打ちをする。砂糖のスプーン食いをこっそりしていたのをジョーに何度かバレてからは、砂糖は使用しない時にはどこかへ隠されている。絶対に隠し場所を暴いてやる。

ピーナッツの次はもち麦を炊く匂いが厨房に充満する。白米を思い出す香りに口の中が涎でいっぱいになる。どこかにないかな、米。

もち麦が炊き上がったのでゴリゴリネチョネチョとすり鉢で混ぜていく。これくらいでいいかな。丸めて団子にすればほぼ完成。

「泥玉みたいだな。これででき上がりなのか？」

「泥玉って……確かにそう見えるけれどね！　これに、大豆の粉をかけたら完成だよ」

ジョーが訝しげな顔をしながら目の前に並べられる団子を眺める。味はたぶん美味しいはずなんだよ、味は。二十個ほどできたので、まとめてきな粉をまぶしていく。

さっ、ジョーよ。食べてみてくれ。団子を二つ皿に載せジョーの前に置いたが、すぐには手を付けず、うーんと唸っている。

「お父さん、食べないの？」

「いや、俺が最初に食べる。行くぞっ」

そんなふうに摘んで、ゲテモノを食べるかのように食べなくていいのに……私もいただきます。

うん。美味しい。やわらかい食感ときな粉の風味が懐かしい。

「想像より美味しいな。大豆の粉がほんのり甘く優しい味だ」

二個目にも手が伸びているのでジョーも気に入ったみたい。猫亭従業員のみんなにもおすそわけをしたが、やっぱり見かけが微妙なのかな？　最初はだれもが躊躇して食べなかった。

マルクが美味しそうに食べたのを皮切りに、みんなおかわりをしてもち麦きな粉玉は完食された。

「この大豆の粉はミルクとも合いそうだな」

流石ジョーだね。今度ホットきな粉ミルクでも作ろうかな。

一年の終わりに

新しい年まで後十日、今日も寒い。外も暗いし、これ以上は寒くならないでほしい。

「あううーまー」

「ジーク、猫さんをくれるの……え？」

いつものように猫を受け取ろうとして止まる。ジークがつかまり立ち台から『歩いて』猫を持ってきたのだ。最初の一歩だ。ああ、外なんか見てないでジークを見ておけばよかった！

「お母さーん！　ジークが、ジークが歩いたよ！」

部屋にいたマリッサが急いで出てくる。

「まあまあ、本当に？　ジークが歩いたの？」

「まーんまー」

手を上げ抱っこをせがむジークにマリッサが立ち止まり手を広げる。

「お母さんの所にも来られるかしら？」

つかまり立ち台を使い立ち上がり歩くジーク。一歩一歩はおぼつかないけれど、一生懸命歩きながらマリッサの元に向かい到着と同時に膝の上に倒れ込む。

「ジーク、凄いわね。力強い歩きだったわよ」

ジークも褒められて誇らしいのか、鼻の穴をヒクヒクさせてドヤ顔をしている。

「お父さんに伝えてくるね！」

丁度ランチの時間が終わり、厨房で掃除をするジョーにジークが歩いたと伝えると、慌ただしく四階に走って上がったので残りの洗い物は私とマルクで終わらせた。

ジークが歩いたのはとても嬉しいけど、成長が早すぎて寂しい。もうちょっとゆっくり成長してもいいんだよ。

ジークが歩き始めると予想して、事前に少しずつみんなで怪我をしそうな場所には布を被せ、机や棚を勝手に開けないように工夫していた。オイルランプの周りにはジョーが柵を置いた。

安全対策は大丈夫だと思いたい。こっちには前世のように電気がないので感電、それに電池を飲み込むリスクは考える必要はないが……

(奴らを始末しないとな)

そう、鼠問題だ。猫亭では常日頃クリーンをしまくっているからいないと思ったが……屋根裏部屋にまだ新しい巣跡があった事から奴らは絶対、猫亭のどこかに潜んでいる。

王都の鼠は日本のように可愛いものではなく巨大ラットだ。こちらの鼠は赤ちゃんの寝込みを襲ったり噛んだりするので、子供用のベッドにはラット避けの網をつける家庭も多い。歩き始めると行動範囲が広がるので特に気を付けないと。

「ミリーちゃん、凄く怖い顔をしてるよ……僕、片付け終わったよ」

「ごめんごめん。考えごとをしてた。マルクは今から足し算の練習？」

「うん。その後にニナちゃんと遊ぶ約束してるんだ。ミリーちゃんは？」

マルクはニナと仲いいな。ニナもマルクにベッタリだ。二人は可愛い小さなカップルだ。

「私は今日、狩りの予定かな。宿代も払っていないのに居座っている奴らがいるからね」

私の回答にマルクはよく分からないという顔をしてた。

さて、厨房の片付けも終わったので狩りの時間だ。

先ずは三階。今、誰も住んでいないのをいい事に奴らが走り回っている可能性が一番高い場所。鼠の天敵ハンターといえば猫だよね。土魔法で猫を十四作る。

「さ！　みんなゴー」

三階の壁や床の隙間から猫を忍ばせ再形成、壁裏や床下それから天井裏を猫に移動させる。みんなゴーと言ったものの操っているのは私だ。マルチタスクな上に、壁の裏が見えないので操作しづらい。何度も猫が何かに突っかかる。

三階にはもしかしていないのかと思い始めたころに、天井裏からガリガリと壁を伝わり奴が落ちていく音がした。

（いた！）

この壁の裏だ。一番近くにいた猫で追いかける。キーキーと鳴く声が聞こえるから追い詰めたかな？　見えないのが残念、いや、リアル鼠なんて見えなくていい。

鳴き声の聞こえる場所を壁の隙間から狙い土魔法を使いボール状に鼠を固める。

最初の一匹駆除っと。生き物の駆除に少し罪悪感を覚えたが、ジークが鼠に襲われたり下手したら狂犬病的な病気をばらまかれたりする事などを考えたら彼らを放置できない。

三階の鼠はこの一匹だけのようだ。壁の中の鼠ボール……どうしよう？　風魔法を使い壁板の釘を取り、板を剥(は)がす。鼠ボールを発見、回収。触りたくないので風魔法で転がして要らないシーツに包み、壁の板もとに戻し再び釘を打ち付け四階に移動。

「ミリー、見ろよ。ジークが歩いてるぞ！　ジーク。パパだよ。パパ。パパ」

ジョー、今度はパンじゃなくてパパと呼ばれるといいね。ジークは私を指差しながらあんまーあんまーと言っている。

「ジーク。ねえねだよ。ねえね。ねえね」

「二人ともそれくらいにしてあげて。ジークの食事の時間よ」

「まんまー」

ジークの離乳食を持ってきたマリッサが私とジョーがそっくりだと笑う。隣にいたジョーを見れば、膝をついて両手を広げている。私と同じ格好だ……

結局、呼び名を覚えてもらえたのはジークの食事(まんま)だけだった。多分、ジョーと私に似て食いしん坊なのだろう。

ジョーとマリッサは仕事に戻り、マルクもすでにニナの家に遊びに行った。四階の狩りの時間だ。猫たちを再び出し四方の壁の裏へと潜り込ませる。マルチタスクにも余裕が出てきたので、猫の内の一匹はジークと遊ばせる。

「きゃうう、きゃっきゃ」

破壊するのではないかという勢いでジークが力強く土魔法の猫を触る。

「ジーク、猫さんには優しくね」

ガタガタと天井から音がする。やっぱり四階にもいたか……

鼠を無事に駆除。一階や二階も調べたが鼠の形跡はなかった。猫亭の鼠はだいたい駆逐したようなので狩りを終了する。鼠ボールはこっそり裏庭に埋めた。

「私と家族の平穏のためにごめんね」

駆除した鼠たちに謝罪、全身をクリーンして四階へと戻る。

ジークは、土魔法で作った猫を気に入ったようだったので、そのあとしばらく猫を出して遊んでいたら、二人でそのままマリッサが夕食を運んでくるまで寝落ちしていた。

「あら、みんな寝ちゃってたのかしら？　夕食を持ってきたわよ」

「お母さん……？　うん。寝てたみたい」

ソファーにはいつの間にか帰って来たマルクも熟睡していた。マルクを起こし二人で目を擦りながら美味しそうな匂いに釣られテーブルにつく。

「今日はソーセージのポトフよ」

私たちはポトフ、ジークは離乳食を食べるが今日はエクストラに涎を垂らしている。

「あらあら、涎掛けのサイズが合わなくなってきたわね」

「新しい涎掛けがいるね。私が作る！」

翌日から数日かけ不得意な刺繍を黙々とやり、涎掛けを完成させマリッサに見せる。

「ミリー、これはとてもいいわね。考えもしなかったわ。ジョーも絶対喜ぶわ」

次の朝にジークの涎掛けを見たジョーは数分静止して仕事に行きたくないと駄々をこねた。

「お父さん、朝食の支度間に合わなくなるよ」

「分かっているが、ジークが可愛すぎるだろ！」

ジークの涎掛けは『パパ大好き』と刺繍された物だった。

◆

「ミリーちゃん、いい新年をね。来年もよろしくね」

「ジゼルさんもいい新年を」

薬屋のみんなに暮れの挨拶をし、マイクと今年最後の騎士ごっこをする。

「ミリー、新年はどっかいくのか？　俺たちは爺ちゃんの家に行く予定だ」

「そうなんだね。私はここにいるよ。お爺ちゃんの家楽しんでね」

「おうよ。来年も遊ぼうな」

ニナも去年と同じで母親と里帰りだ。今年はマルクがいるから残ると、ニナは駄々をこねていたらしい。ネイトたちは実家とは絶縁したらしく、猫亭で過ごす予定だ。去年はマリッサの出産のため猫亭を閉めたが今年は営業をしている。

「ミリー、スミスきょうだいには数日休みを出したから、悪いが明日から多めに店に出てくれ」

「もちろんだよ。必要だったら夜も出るよ」

「夜は出なくていい。朝昼の食堂と部屋の掃除を頼む。年末だから客は少ないが、宿のほうは長期滞在客が多い」

「了解です。隊長！」

次の日から多めに猫亭のお手伝いをする。

夏秋の繁忙期はほぼ短期利用者で満室の猫亭だが、新年近くの今は五部屋ほどしか埋まっていない。現在の利用客は長期でよく猫亭を利用する冒険者夫妻、常連の商人が二人、それから初めての宿泊客が残りの二部屋に滞在している。朝食の手伝いを終え、客室掃除へと向かう。

最初に向かったのは冒険者夫妻のカリナさんとジオさんの部屋。

「こんにちは。掃除に来ました。札は出てませんが、一週間に一度の掃除日です」

「ミリーちゃん、ほんとに悪いんだけど後回しにしてもらってもいいかしら？　昨日、飲みすぎちゃって。ジオはまだ寝てるのよ」

申し訳なさそうに謝るカリナさんは、キリッとした目のしなやかな体つきの女性だ。夫のジオさんは筋肉質で一見怖そうに見えるが笑顔の優しい男性だ。二人は大きな仕事が終わるとよく飲んだくれている。今日はジオさんが二日酔いのようだ。仕方ないので後回しにする。

次の部屋は、数週間滞在している常連の商人だけれど留守のようなのでそのまま掃除を開始する。

「クリーン！」

もう一人の商人の部屋も終わり、次は初めて猫亭を利用している女性の客室だ。十日前から泊まっているが、二日に一回は木簡が出ているとマリッサに聞いたので綺麗好きなのかもしれない。

女性の部屋をノックする。

ガチャっと勢いよく開いた扉の先には、何度か食堂では見かけていた長身のクール系のお姉さんが出迎えてくれた。

「こんにちは。お掃除に来ました」

「あら、今日は小さい子が来たのね。よろしくね」

「もし良かったら、一階で待たれますか？　お茶を出しますよ」

「それはいいわね。そうするわ」

掃除中は互いに気まずいし、部屋にいられるとクリーンの連発ができない。男性客は特に部屋で二人きりにならないようにお茶を出すようにしなさいとマリッサに言われている。

一階にお姉さんを案内、部屋の掃除を済ませ次に移る。

次の部屋も初めての客。一週間滞在している単身の男性らしいが、一度も顔を見た事がない。食事はどうしているんだろう？　どちらにしろ、一週間経ったので強制の掃除だ。

「こんにちは、猫亭です。一週間に一度の掃除に来ました」

初めて見る若い男性がドアを少し開け、ジッとこちらを見下ろして一言。

「いらない」

不機嫌にドアを閉められそうになるので、すかさずドアの隙間に足を入れる。私はどこの悪徳セールスマンなのだろうか……でも、たまにこういう掃除を嫌がる客がいるのだ。

「すみません。規則で一週間に一度は希望がなくても必ず掃除する事になってます」

絶対にドアを開けるまで足は動かさないからなという態度をとっていたら、男性が渋々折れた。

下でお茶を出しますよと声を掛けると準備をするからと男性がドアを閉めようとする。

「出てくるまで足はこのままですからね」

舌打ちが聞こえたが笑顔で無視する。

出てきた男性は、だらしない格好で髪の毛もボサボサだった。一階に案内し、先ほどのお姉さんと同様にお茶を出す。男性には何故か部屋を小綺麗にする必要はないと念を押される。

「すぐに終わりますから」

男性の客室に戻り掃除をしようとするのだが……何、この汚さ！　一週間でどうやったらここまで汚くなるの？

「クリーン、クリーン、クリーンかけるたくさん」

フー、疲れた。久しぶりに掃除の本気モードスイッチが入ったよ。

冒険者夫妻以外の客室は掃除完了。シーツを洗濯場に持っていく。洗濯日は明日だが、いつものように軽くクリーンを掛け洗濯置き場に置いて冒険者夫妻の部屋に戻りノックをする。

「ミリーちゃん、戻って来てくれたのね。ジオも座れるようになったから」

部屋に入ると、酒の臭いが充満している。ジオさんは座るのが精一杯のようなので二人が部屋にいるまま掃除を始める。二人にバレないように小さくクリーンを掛けながらシーツを替える。途中カリナさんがお手洗いに行ったので、ジオさんと二人きりになってしまった。

半目のジオさんに掃除が終わった事を伝えると、力のない返事が返ってくる。

「ああ……ありがとう。カリナは？」

「トイレです。何か二日酔いに効く物をお持ちしましょうか？」

「……お願いする。すまねぇ」

ジオさんは、朝食の席にいなかったので薬を飲むにしろ何か胃に優しい食べ物をお腹に入れた方がいいよね。今日のランチ用にジョーが鶏スープ作っていたから、その中にすいとんを入れたスープならできそう。早速、すいとんを作るため小麦粉をコネコネしていると、ジョーが何をしているのか尋ねてくる。

「ジオさんが二日酔いなので、食べられそうな物を作ってる」

「あいつ、昨日酒を浴びるように飲んでいたからな。前にジゼルから買った二日酔いの薬もあるからそれも持っていけ。あと、コンロは危ないから残りの調理は俺がする」

ジョーから受け取った二日酔いの薬は茶色の粉状の物でシナモンの匂いがした。成分はなんだろう？　まぁ、ジゼルさんの薬なら効くだろうね。ジョーに仕上げてもらった鶏のすいとんスープもできたので、ジオさんたちの部屋に向かう。

「ミリーちゃん、薬まで用意してくれてありがとうね。ジオもこれで少しは元気になると思うわ」

「ジオさん、ゆっくりしてくださいね」


次の朝、すっかり体調の良くなったジオさんがカリナさんと食堂に降りてきた。

「ジオさん、おはようございます。今日の朝食は、パンと卵、それからポテトサラダとソーセージスープです」

「美味そうだな。昨日は迷惑かけちまったな。詫びにこれをもらってくれ」

ジオさんから、貝で作ったと思われるクリーム色の髪飾りを受け取る。

「これはなんですか？」

「ターボ貝の髪飾りだ。この前、仕事でアジュールに行った時に買ったんだが、カリナには自分には可愛すぎるからいらないって言われてな。ミリーちゃんだったら似合うんじゃないかな」

光沢のある夜光貝のような素材で可愛い花柄の小さめの髪飾り。それなりの値段だと思うのだが、本当にもらっていいのかな？　鶏すいとんスープを作っただけなのに……

「ミリーちゃん、もらってあげて。ジオ、ずっとそれどうすればいいか分からずに今まで持ち歩いていたんだから」

「そうでしたか。では、お言葉に甘えて頂きます」

カリナさんに髪飾りを付けてもらうと二人して声を揃え「可愛いよ」と褒めてくれた。

◆

今年最後の日。明日はジークが一歳になる。

この国にはカウントダウンとかがないから、前世の年末って雰囲気ではないんだけどね。

「静かだなぁ……」

窓の外を眺めながら呟く。去年の今頃はマリッサがまだ妊婦だったのか。そう思うとなんだか一年が経つのは早かった。

一歳の誕生日にはプレゼントをする習慣はないが、せっかくなので『ぼく一歳』と書いたフェルトの三角帽子をジーク用にマリッサと作った。ジョーがまた萌え死にしそうだ。

今日は実は粘土も準備している。ジークの一歳記念に手足の型を取る予定だ。

「ミリー、昼を先に食っとけ。今日はオークカツとロコモコだ」

「わーい。食べる！」

ロコモコは米がないので麦と芋で代用している。まぁ、ほぼケチャップとウスターソースのおかげで作れた一品だ。ランチでは採算が合わないのに出しているのは年末のサービスかな？　ロコモコの卵をハンバーグに載せ食べる。うん。美味しい。

ランチはパラパラと客が入ったが忙しくはなかった。今日のディナーはお休みにしているが希望する宿のお客さんには夕食を準備している。

「今日の夜は、ミリーが前に言っていたレシピに挑戦したんだ。後はオーブンで焼くだけだ」

後は焼くだけのラザニアを見せながらジョーが言う。リコッタチーズはまだ作れていないので、ミルクと酢で作ったカッテージチーズで代用。パスタ部分を作るのが大変だったとジョーが説明したが、見る限り完璧なラザニアだ。今晩の夕食が楽しみ。

「ミリーもデザートを作るんだろ？」

「うん。楽しみにしてて！」

私がデザートに作るのはピーナッツバタークッキーだ。ピーナッツバターを早く消費しないと悪くなってしまうという理由が裏にはある。チョコレートがないのが本当に残念だ。ピーナッツバターとチョコの相性は抜群なのだ。今のところ、唯一レオさんがチョコの在り処の情報源だが、最近彼と全く会わない。そういえば、ウィルさんとも最近会っていない。最後に会ったのは祭り前のリンゴ狩りの時かな？　やけに突っかかってきたのはなんだったんだろう？

ランチの片付けを終え、今晩の他の食事とデザート作りにジョーと一緒に取り掛かる。

「ミリー、デザートはピーナッツのクッキーだったか？　店用のレシピにするのか？」

春までにお菓子のレシピを増やせという話だった。クッキーはもうすでに別の商会がいろんな種類を登録しているようなので、私のクッキーレシピが審査に通るかどうかは分からないけど……こちらには重曹という秘密兵器があるのだ。

重曹の用途は色々あるが、よく知られているのは歯磨き粉だ。重曹はジョーの情報だと、誰も料理には使っていないらしい。他のクッキーレシピよりサクホロ触感が出せるはず。

ピーナッツバターって、粒(チャンク)ありが好きな人と嫌いな人で分かれる。今回、使うのはすり鉢でゴリゴリしたものだから少し粒が残ってる。魔法だったら粒なしが可能かな？

材料を混ぜ、ピーナッツバタークッキーをオーブンに入れる前にフォークで上から押さえて形を付ける。もうすでにいい匂いで、生だがこのまま口に入れたい。

「ミリー、火は危ないからオーブンに近づくなよ。俺がオーブンに入れてやるから。どれくらいだ？」

「温度の低い場所で二十分くらいかな」

猫亭のオーブンは薪を使った石窯スタイルなので中はもの凄く高温だ。ピザも作れそう。

クッキーが焼け始めると厨房にはピーナッツの芳ばしい香りが広がった。

この前のカレーの教訓から、匂いが厨房以外に広がらないように風魔法で調節している。

「焼けたな。いい匂いだ。この後、冷ますのか？」

「うん。ここに置いて」

黄金色のクッキーがたくさん完成した。うう……涎が出てしまう。早く食べたい。

「ミリー、今日は胡桃パンも買ってきたぞ」

「やったね」

胡桃パンは少し高価なのでお祝いや新年に食べる事が多い。ジョーは、パンだけは作らずに購入するので不思議に思い尋ねたら、パンはパンギルドがあるそうで、食堂などでパンを提供する場合はギルドに加盟しているパン店から購入するのが決まりらしい。

（パンギルドの独占かぁ）

ピザは作れるかな？　あれもパンになるのかな？　まぁ、家族で楽しむ分だったら大丈夫か。パン屋って意外と権力あるね。公衆浴場も担っているらしいしね。

料理が全てできた頃には夕方になっていた。スミスきょうだいを含む猫亭のみんなが食べ物の前に勢ぞろいするとジョーが年末の挨拶をする。

「全員、揃ったか？　よし、今日は今年最後の日だ。みんなのおかげで今年も猫亭を盛り上げる事ができた。来年もよろしく頼む。さ！　食ってくれ」

ジョーの合図と同時に全員が食べ物を皿によそい始める。鶏を焼いた物、ハンバーグ、野菜にラザニア。特にラザニアが大人気。二皿焼いておいてよかった。

「美味しい！　お兄ちゃん！　これも美味しいよ」

ここ数か月でふっくらしたケイトがリスのようにラザニアと鶏を頬張りながら言う。完全に健体を取り戻したようだ。流石ジョーの食事だね！　鶏を焼いた物は肉汁が溢れ出てくる。

ジョー、また腕をあげたな。鶏を堪能(たんのう)しているとケイトがこちらを見つめながら尋ねる。

「ミリーちゃんは、小さいのにたくさん食べ物がお腹に入るのね」

「ミリーは、食べ物が大好きだからね。ラザニアも早く食べないとなくなるわよ」

マリッサの手間にあったラザニアの皿が空になっている！　まだ一口も食べていないのに！

「それはダメ！」

急いでもう一皿からラザニアを確保すると、全員が笑い出した。

ラザニアを頬張る。ああ、至福。

ラザニアも可能ならレシピ登録コースだね。パスタに関してはさまざまな形や作り方については登録可能だが、ベーシックパスタのレシピは無料で提供されている。パスタはそれだけ国民の生活には欠かせない一品なのだろう。類似するレシピがなければ審査も通るだろう。

「みんな、食ったか？　最後はミリーが作ったデザート。南豆のクッキーだ」

全員がよく知らない南豆がデザートと合致せずに首を傾げる。

「お父さん、みんな微妙な顔してるよ。名前を付けたほうがいいかもね」

「そうか？　じゃあ、ピークッキーか？」

「絶対にやめて。ピーナッツバタークッキーでいいと思う」

ピークッキーなんて名前の菓子なんか絶対にヤダ。

ジョーからピーナッツバタークッキーという名前が長すぎて言いにくいと指摘を受けたので、南豆のクッキーはナッツバタークッキーと名付ける事に落ち着いた。

「二人とも早く食べないと、デザートがなくなるわよ」

マリッサに声をかけられ振り向くと、匂いに誘われていつの間にかクッキーを食べ始めたみんなが無言でモグモグしていた。

「「食べる！」」

大量に焼いたはずのナッツバタークッキーは全て消え夕食会は終了した。

ベッドに潜り枯渇気絶の前にジョーのネーミングセンスは皆無だなと思い出し笑いをする。ミリアナやジークの名付けができたのは奇跡だ。


猫亭のみんながお腹いっぱい幸せに就床した翌朝、王都は新たな年を迎えた。

「ジーク一歳だね。おめでとう」

「ああうーねー」

ジークに『ぼく一歳』の三角帽子を被せる。

くっ……可愛過ぎる。帽子を被ったジークを見たジョーも悶絶している。

「……俺の息子は天使だな」

ジョーに褒められてジークは鼻の穴をヒクヒクさせ、嬉しそうに笑顔を振りまく。

帽子のお披露目も終わったので、用意していた粘土にジークの手足を型取り。今日の日付とジークの名前を書いて乾燥させればできあがり。

マルクが乾燥中の粘土を見ながら、なんのための物かを不思議そうに尋ねてくる。

「ジークが大きくなった時に一歳の時はこんなに小さかったんだよって記念に取っておくための物だよ。乾いたら壁に飾ろうかなと。粘土が余ったからマルクもやる？」

「いいの？　やりたい！」

余った粘土台にマルクと私の手の形を付け、二人の名前と日付を書いた。隣同士だからか、なんか恋人っぽくなったな……

新年最初の日の今日、食堂はお休み。店を開けても客は来ないだろうしね。希望する宿泊客だけには料理を作っている。ジョーは余った時間で珍しくゴロゴロしている。

「お父さん、肩を揉んであげようか？」

「お、いいのか？」

ジョーの背中に乗ってリンパマッサージをしながら、筋肉の張りが酷い場所にはバレないようにヒールを掛ける。やっぱり、結構凝っている。

ジョーは気持ち良くなったのかそのまま寝てしまった。

「あらあら。ゆっくりさせてあげましょう。ミリーは、少し大きくなったから服を調整しないとね。髪も染め直さないといけないわね」

確かに最近服が小さくなったような気がした。成長してるのはいい事だね。

いつもの緑色の髪染め粉を髪に塗られたあとマリッサに身体を採寸される。

「成長した？」

「そうね。服はもう調整できないわね。新しい物を作りましょう」

新しい服の希望を聞かれたのでズボンと言ったが却下された。この国では確かに今まで会った女性の全員がスカートだった。それに、作るのも調整するのもそのほうが簡単なのだろう。マリッサには緑色の服をお願いした。

桶(おけ)で染粉(そめこ)をマリッサに洗い落としてもらうのがヘッドスパのようで、気持ちよくてウトウトする。

「お母さん、気持ちいい」

「髪の毛も長くなってきたわね。お客さんにもらった髪飾りも良く似合っていたわよ」

その日のうちに仕上がった緑色ワンピース二枚。ポケット部分が白で可愛い。追加でお願いして、ポケットの上に猫のワッペンを一枚付けてもらった。

なかなか可愛いんじゃない？　鏡がないから似合っているかは分からないけど。

「お母さんの鏡を貸してあげる。高価な物だから落としてはダメよ」

鏡を覗き自分を見る。

（おお。こんな顔をしているのか）

今までもガラスや水に反射した自分の顔、それに教会にあった鏡ではチラッと五歳の時の自分の姿は見ていたけれど、こうやってじっくり見るのは初めてかもしれない。

商人の実の両親や兄だろうヘンリーとは顔の系統がやや違うかな。自分でいうのもなんだがキッズモデルの美少女といった雰囲気だ。でも、ジョーもマリッサも整った顔立ちだから周りは私が拾い子だとは思ってもいないだろうね。最近ではジョーによく似ていると言われる。この年齢はツインテールがよく似合う。でも、この服ならツインお団子にしてもらおう！

マリッサは、私の髪を結うとジョーの服を繕い始めた。

うーむ。新年で誰も遊ぶ友達がいないのも暇だ。ジークとマルクはお昼寝中、というかマリッサと私以外は全員お昼寝中だ。マリッサに暇なら刺繍を手伝いなさいと道具を渡される。

裁縫は苦手だ。女の子は裁縫が得意なほうがいいと言われるけど不得意だからどうしようもない。魔法で解決できるのではないかと風魔法を駆使して刺繍をしてみたが……術者にセンスがなければ同じ事だった。

私のもう一つの緑のワンピースになんでも刺繍していいと言われたので、とりあえず頑張って作業をする。

「ミリー、それは赤い蜘蛛なの？」

カニなんだけど……そう言われると、私のカニの刺繍は確かに蜘蛛にそっくりだ。でももう後戻りはできない。既に半分以上仕上がっているのだ。カニにリボンでも付けたら可愛くなるかな。

黙々と刺繍に集中する。

あれ？　リボンを付けたはずだったのに、完成したのは武器を持ったカニにしか見えな……もう完成したしやり直すつもりはないけど不恰好なカニだ。

「あら、カニさんに岩を持たせたの？」

「う、うん。力持ちのカニにした」

力持ちのカニのワンピースもできたところでジークが起きたので、マリッサが母乳をあげる。

ジークは最近、歯が八本になった。マリッサも母乳をあげるのが少し辛そうだ。この地域の卒乳は二歳前後が多いらしい。日本の赤ちゃんは卒乳が早い子も多いけど、国によってまばらだと前世の姉が言っていた。それぞれのタイミングがあるのだろう。最近のジークは母乳よりもみんなの食事に興味を持っているので卒乳は案外早い段階でするかもしれない。

「ねえーね」

「……え？　ジーク、ねぇねって言ったの？　お母さん聞いた？　ねぇねって言ったよね!?」

「言ったわね。ミリー、良かったわね。ジョーは悔しがりそうね」

「パパって言いにくいからね」

ジークはすでに食べ物やマリッサの事はまんまーと呼んでいた。ねえねは次席だ。ジーク、早くパパも覚えてあげてね……じゃないとジョーが干からびてしまうよ。

みんながお昼寝から起きてきてジークの『ねぇね』がお披露目された。といっても、「ねーあー」や「あねあー」が多かった。でも、一度だけねーえーねーと披露できた。

案の定、ねぇねを聞いたジョーはジークに「男同士の絆はどうした！」と叫んでいた。

今年も幸せな日常から始まった猫亭。

今年が家族やみんなにとっていい一年であります様にと手を合わせる。

◆

新年も終わり猫亭も通常営業に戻った。去年に引き続き、王都は寒い。でも、今日はいつもと違う冬の香りがした。

一階の窓から外を覗いていたらマイクが手を振りながら駆け寄ってきたので外に出る。

「ミリー！　久しぶりだな。俺たちは今日帰ってきたんだぜ」

「マイク、お帰り。今年もよろしくね」

「おう。ミリーもな。それより、寒くねぇか？　家の中も寒いし、母さんの機嫌も悪い」

ハラリと鼻の上に冷たい雨が落ちてきた。あ、これ雨じゃなくて雪だ。この世界で初めて見る雪。

空を見上げると大きな雪片が降っているのが分かる。花弁のように舞う雪はまさに牡丹のようだ。

手を上げながら指に落ちる雪を楽しんでいるとマイクが隣でややパニックを起こす。

「これ、冷てぇぞ！　こんなのが降ってきたらもっと寒くなるじゃねぇか。なんだよこれ」

「雪だよ。あと、逆だよ。雪が降ると暖かくなるんだよ」

「そうなのか？　でも、これ冷てぇぞ」

マイクは初めて経験する雪で何をするのかと思ったら、舌を出して雪をキャッチする。やらずにはいられないよね。私もペロッと舌を出し、雪をキャッチ。

「冷たい」

「だろ？　これ、いつまで降るんだ？」

「それは私も分からないかな。降り過ぎると大変だけど、雪を使った遊びもあるから少しだけ積もるといいね」

マイクは雪が積もるという意味が分からず困惑した表情だったが、明日雪が積もったら遊びを教えるよと言って別れた。牡丹雪だから積もらないかもしれないけれど。

ジョーに雪が降り出した事を伝えると猫亭のみんなも外に出て確認に行く。すでに多くの近所の人も外に出て空を見上げていた。

「本当に雪が降ってやがんな。十年振りくらいじゃないか？」

そうなんだ。じゃあ、雪が積もったら大変だね。ここの移動手段は馬車しかないから色々止まるかもしれない。

「雪、積もり過ぎないといいね」

「ミリー、雪の事誰かに聞いたのか？」

「お父さん、雪が積もったら配達の人は来られるの？」

「ちっ。そうだな。今日の配達を多めに頼んどくか。ちょっと伝えて来る」

上手く誤魔化せただろうか。雪は美里亜(みりあ)には珍しくもない経験だが、ミリアナにとっては初めての経験。たまにそれを忘れてしまう。

その夜、王都には雪がシンシンと降り続けた。部屋の窓を開け雪が降るのを眺めながらこの世界の気候に疑問を感じる。この雪、前の世界と同じ物なのだろうか？　風魔法で雪を集め宙に浮かせながら観察する。

「普通の雪にしか見えない」

氷魔法を使い結晶をイメージして雪を作ってみる。私の魔法ではサラサラの粉雪ができ上がる。フワフワのかき氷みたい……。うーん。流石に今、かき氷の想像はしたくないな。早く寝よっと。

朝になり表の扉を開けると雪の壁ができてた。ジョーとネイトは早朝から外で雪かきをしていた。空は真っ暗で日差しが全くない。これは溶けるのに数日は掛かるかもしれない。

朝食のお客さんは少なかったが、ランチには客が押し寄せてきた。雪で市場が閉まって買い出しに行けなかった近所の人たちが一斉に食事をしに来たのだ。ケイトとマルクの三人でランチを捌く。ニナ親子も猫亭に食事に来ていた。注文のオークカツと鶏団子と野菜の煮込みを運び挨拶をする。

「ミリーちゃん、久しぶりね。最近ニナはマルク君とばっかり遊んでるから困ったものよ」

ニナの母親にたまにはニナとも遊んでくれとお願いされる。

「そんな事ないもん。昨日はマルク君と遊んでないもん」

ニナが頬を膨らませ反論。

「ニナ、あとでマイクと雪遊びするからその時に遊ぼうね。マルクも参加すると思うよ」

「うん。ニナ、雪遊びする」

ランチの混雑も落ち着いてきた頃、ニナ親子がマリッサと立ち話をしていた。

「昼から買い物いけるかしら？　ジョーは、食材は大丈夫なの？」

「昨日、雪が降り始めた時に注文の追加に行ったのよ。一週間くらいは大丈夫だと思うわ」

「頭いいわね。猫亭が営業していて助かったわ。市場は明日、営業しているのかしら」

通常、東区の王都民は朝市で毎日買い物するので、雪が降り続けて食料が王都に届かなくなるのは困る。穀物などの食糧は王都にも大きな倉庫があるから少しの間だったら大丈夫と、仕入れ先の親父さんは言ってたけれど……。

ランチも無事に終わり、ケイトは食堂の掃除、私とマルクは汚れた食器を片付ける。客が多い分、いつもより時間が掛かったが片付けを終わらせ賄いのランチを食べていると、マイクが猫亭に威勢良く入って来る。

「ミリー、手伝いは終わったか？　マルクも外に早く来いよ。ニナも呼ぼうぜ。雪の遊び方を教えてくれるんだろ？」

マイク……元気だな。でも、次に雪が降るのはまた十年後かもしれないし、遊べる時に遊ばないとね！　ニナも誘いみんなで外に出る。

「おー、少し湿った感じの、いい雪だね。うん。雪だるまできそう」

「ゆきだるまってなんだよ」

「丸い……作れば分かるよ。先ずは雪だるま作って遊ぼう。こうやって雪を丸めて二、三段にして形を整えて顔を描くの。顔や形はどんなのでもいいよ」

「それなら簡単だぜ」

自信満々で雪かきを始めたマイクの隣で猫亭の横に小さな猫の雪だるまを作る。自分で言うのもなんだけど、完成度がなかなか高い。ニナはリボンを付けた小さな人形の雪だるま、マルクの雪だるま……これはハンバーグかな？　マルク、好きだもんねハンバーグ。

マイクも完成を大声で叫んだので振り向くと隣に並んでいたのは胴体より頭が大きい、今にも倒れそうな雪だるまだった。

「俺のほうがデカイから勝ちだろ？」

「これは完成度の勝負です。大きさではありません。ほら、言ったそばからマイクの雪だるまの頭が地面に落ちたよ」

マイクが落ちた雪だるまの頭を戻そうと後ろを向いた瞬間に背中に雪玉を投げつける。

「いってぇ。ズルいぞ！」

文句を言うマイクに追加で雪玉をもう三個、高速で投げる。勢いで積もった雪の中に尻餅を付いたマイクに無慈悲にもう一つ雪玉をお見舞いする。

「フッ。まだまだだな」

「おい！　ミリー、ちゃんと戦えよ！」

雪に埋もれ立てなくなったマイクに手を貸し、雪玉投げのルールを説明しようとしたら顔に雪を思いっきり投げつけられる。

「ちょっと！　顔はなしだから！」

雪玉の投げ合いになる。マイクの奴、意外とコントロールがよくて雪玉を避けるのも上手い。大人気ないが、右手で投げるフリをして左手に隠しもっていた雪玉を投げつける。よし！　マイクの腹に命中。

「卑怯だぞ！」

「顔じゃなければ、何をしてもどこに当ててもいいんです！」

マイクとの醜い争いを繰り広げている間、ニナとマルクは兎の雪だるまを作りながらまったりとしていた。

「ミリー、これでも食らいやがれ」

マイクが投げた大きな雪玉は私を通過し、丁度家から出てきたジゼルさんの顔に当たった。

「マイク！　何するんだい！」

「ヤベェ！　逃げるぞ！」

「待ちなさい！」

結局ジゼルさんからは逃げきれず……二人してこってりお説教をされ、雪玉投げは禁止された。

次の日も雪は降り続け前日よりも更に積もってしまった。雪かきは昨日より大変だったが、ジョーは火魔法を使いながら猫亭前を綺麗に除雪する。私も微力ながら手伝いをしたが、人目が多すぎて大っぴらな事は控え、猫亭の庭の雪を魔法を使い除去した。

周りの建物を見れば屋根に積もる雪は分厚くなっている。雪国ではない王都ではあれの危険性を把握できていないかもしれない。

「お父さん。重さで屋根が崩れたり雪の塊が落ちてきたりしたら危ないと思うよ」

「確かにな……今から近所で話し合う」

話し合いの結果、私たちがいる東区の第二地域はみんなで屋根の雪を払う事になった。東区第二地域の代表はジゼルさんだったので話が通しやすかったのもあったが、近所の古い小屋が雪の重さで壊れた事で多くの人が雪の危険性について理解してくれたのもある。

早速、近所で数チームに分かれ、一軒一軒の屋根の雪落としをした。道の雪かきは子供たちで行った。猫亭と第二地域の食事処が数軒協力し、参加者には炊き出しが行われた。

後から聞いたのだが、王都ではこの雪の家屋崩れでの怪我や、酔っ払いの凍死などの死亡事故が数多くあったらしい。

東区第二地域は、雪で滑って頭を打つ怪我の事故はあったものの、家屋の崩れでの怪我やその他の死亡事故はなかったと、ジゼルさんがジョーに何度も感謝しながら教えてくれた。

みんなが雪かきをしていた頃、ジークは危ないからと家でマリッサとお留守番をしていた。雪遊びができなかったのは可哀想だったので、小さな雪だるまを作って部屋に持っていった。

持ち込んだ雪だるまは、ジークによって二秒で破壊された。ジークは雪の冷たさにびっくりしながらも初めて見る雪を握りはしゃいでいた。

買い物の収穫

雪も溶け流通も通常通りに戻り始めた頃、ギルド長の爺さんから手紙が来た。

ミリアナ
マリッサは元気か？　今年は王都に雪なんぞ降りおるからマリッサが――
以下省略。手紙の大部分がマリッサの事。私への内容は最後の一文しかない。

お主は抜けているところがあるから忘れておるかもしれんが、春に新しい菓子のレシピを出す準備はちゃんとしておるのか？　三の月には出せるようによろしく頼んだぞ。

あー、ちょっと忘れていた。返事を待つ冒険者に悪いので、爺さんへの返信を急いで書く。
手紙には親指が立っているリアルな絵をデカデカと描き。お母さんは元気、レシピも考え中と書いて冒険者に渡した。
（砂糖を使った菓子のレシピかぁ）

アズール商会で買った砂糖の残りはまだある。これならいくつか作れそうだね。頭には色々思い浮かぶのだが全部つくる事が可能なのかは分からない。

まずは焼き菓子。これがメインになるだろう。

和菓子は米がないし小豆もない、寒天があれば行けそうなのもあるが、それもない。今は厳しそうなので、和菓子は保留。

プリンやシュークリームなどは今の技術で作るのが難しいだけでなく、衛生面でのリスクが高すぎるので全滅。冷蔵庫のような魔道具があれば作るが……これは、保留だね。

日本発祥の洋菓子ミルクレープならどうだ？　これも要冷蔵ではあるが、一番材料的に可能そうなので候補に入れよう。日本発祥といえばスフレチーズケーキもあるが、考えたらオーブンの温度調節をしながらの湯煎焼きが厳しいかな。普通のベイクドチーズケーキを候補に入れよう。

そんな事を考えながら、食堂のテーブルを拭いていたらジョーが厨房から顔を出す。

「ミリー、エンリケさんの手紙はなんて書いてあったんだ？」

「ほぼお母さんについてだったけど、お菓子レシピの進行を忘れるなよって内容だった。あと、三の月にお菓子のレシピを出してくれって書いていたよ」

「そういう話だったな。丁重に手紙の返事をしたのか？」

「……うん！」

丁重にお絵かき付きで返したよ。

「俺は砂糖の菓子は詳しくないが……ミリーはなんか考えがあるのか？」

「いくつかあるけど、成功するか分からないかな」

「よし、作るか」

そうやって私とジョーの砂糖菓子研究の日々は始まった。砂糖は高価なので可能な限り失敗をしないように頑張らないと。

最初に取り掛かったのはミルクレープだ。これは今厨房にある素材で賄えるし、何よりフライパンでできる。生地の厚さの調整に手こずったが大きい順に重ねていってドーム型のミルクレープが完成した。生クリームが余ったのでスポンジケーキを作りショートケーキも作った。

ホールケーキにフォークを刺す。あー、至福。生クリーム最高！　でも、販売するならホールじゃなくてカップケーキかも。それに、使うなら生クリームではなくバタークリームかな。ジョーは、生クリームが苦手のようで残りのケーキを私にくれた。

そんな日々が続いたある日、仕事終わりにマリッサに呼び止められる。

「最近、ジョーとずっと厨房にこもっているけれど……大丈夫なの？　外でも遊びなさい」

「大丈夫だよ。ちゃんと外にも行くよ。今日は市場に行くから」

菓子作りに使えそうな材料を探しに行く予定なのだ。

「一人で行ってはダメよ」

「大丈夫だよ。えーと……ウィルさんが一緒だから」

朝市は昼過ぎまで店が出ている。ジョーが忙しかったので、以前も文房具屋まで一人で行った事をアピールして大丈夫だと言ったが、心配だからと何故かウィルさんが市場に付いてくる事になった。ジョーとの話をたまたま通りかかったウィルさんが聞いて志願したのだ。

なんで付いて来てくれるのかは分からないが、一人では市場に行かせてもらえそうになかったので良かった。早速ウィルさんと市場に向け出発した。

「ウィルさん、お久しぶりですね。リンゴ狩り以来ですか？　お仕事忙しかったんですか？」

「……少し忙しくしていた。そちらは、その、何か変わった事はなかったか？」

そちら？　リンゴ狩りでの棘のある言動からは想像がつかないこの丁寧な態度はなんだろう？

「変わった事ですか？　あ！　ありましたよ！　弟のジークが新年に『ねぇね』って呼んでくれたんです。それからもう毎日、ねぇねとおしゃべりしてくれるのです」

「そういう話ではない。知らない奴に話しかけられて嫌な思いをしなかったか？」

ウィルさんがため息をつきながら言う。うーん、そんな事いわれても宿は常に初見さんがいる。

「知らない奴」を詳しく尋ねようとしたが、朝市で何を買うのかと聞かれ話を逸らされる。

「実はお父さんと新しいレシピに挑戦しているので、何かいい食材がないかなと思って」

答えたのに無視される。質問したのに上の空って……ウィルさんはやっぱり変な人だな。

ザックさんの仕事仲間っていうと冒険者なんだろうけど、この人の雰囲気はあの変態騎士に似てるんだよね。

朝市に着いた。以前一度だけマリッサと訪れたが全てを見回る時間はなかった。

先ずは八百屋に向かう。菓子の着色料の種類が欲しい。

「赤キャベツとほうれん草をください」

「あいよ。鉄貨三枚だよ」

日本円で三十円か。安い。小銅貨を払い鉄貨七枚のお釣りをもらうが……鉄貨、これ錆びてない？　錆が付いた手をお金と共にクリーンして猫の財布に入れる。

隣にいるウィルさんは、私の魔法に気づいていない。というより、どこかを凝視している。

(なんで、あんな何もない裏道を見てるんだろ)

気を取り直し他の店も回り、茶屋に入る。紅茶は南の地域から入荷している物が多く、中には外国からの輸入品もある。南や外国からの運搬は大変だから割高なのは仕方ない。

紅茶は多種あったが、バタフライピーに似ている物に目が行った。

(げっ、これ、銅貨六枚もする)

バタフライピーなら青色の着色料として欲しいが、銅貨六枚は払えない。赤キャベツで着色料の実験をして失敗したら購入するか……今回は、銅貨一枚のアールグレイっぽいお茶だけ購入しようと店員に会計をお願いする。

「えーと、これね……銅貨二枚だ」

「え？　銅貨二枚もするの？」

「ああ、買うのか買わないのかどっちだ？」

この人……私が字を読めないと思っているな。この茶は、キーム茶、銅貨一枚と表示がある。大人であるウィルさんが少し離れているのをいい事にぼったくろうとしているな。

「このお茶の名前はなんですか？」

「キーム茶だ」

「キーム茶は、ここに銅貨一枚と書いてあります」

表示されている価格に指を差しながら店員に指摘すると、ボソッと「字が読めたのか」と舌打ちをされ、銅貨一枚だと訂正される。

油断も隙もない。子供から金をせしめようとする根性が凄い。次回からここでは購入はしない。

状況を把握して店員に何かを言おうとしたウィルさんを制止し、店を出る。

「いいのか？　あの親父、常習犯だぞ。子供にまでセコいな」

「でしょうね。心配しなくともあんなのは勝手に自滅しますよ。商売で一番大切なのは何か分かりますか？」

「良質の物の仕入れか？」

ウィルさんが即答する。

「まぁ、それもですけど、一番重要なのは信頼です」

「確かにそうだな……」

今の言葉は爺さんの受け売りだけどね。

次に向かった店では無塩バターとミルクを買う。重たい荷物はウィルさんが持ってくれた。乾物屋では色々迷ったが、干し葡萄、胡桃に緑の殻豆というピスタチオ擬きを買った。

「ウィルさん、最後に酒屋に寄りたいです」

「ダメだ。子供に酒はまだ早い」

「料理のためなんですけど……」

どうにか酒屋に入れないか粘ったが、ウィルさんは鉄の壁だ。

「ジョーに買ってもらえ。酒屋に子供を連れて行って何かあったら俺の責任だ。ダメだ」

酒屋にラム酒があるかどうか確認したかっただけなのに。でも、あれの原料はサトウキビなので きっと置いてはいないだろう。あったとしても凄い値段付いてるだろうなぁ。

くっ。早く成長したい。諦めて今日は家に帰る。まだミルクレープの残りあるかな？　みんなに食べられてもうないだろうな……ホールケーキ一個食べたし、今日は我慢する。


市場に行った数日後、再びアズール商会を訪れる。お菓子の試作品を作るうちに砂糖が切れたのだ。ついでに蜂蜜も購入予定。

今日の格好は祭りの時に爺さんから贈られたチェック柄のリボンドレスにジオさん夫妻に頂いた夜光貝の髪飾りをつけている。成長分のドレスの丈調整はマリッサにしてもらった。

アズール商会に入店すると同時に前回も接客してくれたお姉さんに挨拶(あいさつ)される。私たちの事は完全に覚えたようだった。前回と同じ蜂蜜と砂糖を注文する。

「すぐに商品をお持ちしますので、こちらでお待ちください」

カウンターで待つ間、祭りで偶然遇った会頭のロイさんの事を思い出す。あの人、プライベートと店先では全然性格が違うから驚いたんだよね。

今日は店頭にはいないようなので、ホッと安心したのも束の間、これでもかと口角をあげたロイさんが注文した蜂蜜と砂糖を持って現れる。

「お待たせ致しました。こちらが商品になります」

この店どこかに隠しカメラでもあるの？　さっきまでいなかったのに！

「……ロイ会頭さん、お久しぶりですね」

ジョーが知り合いかと訝しげに尋ねるのを遮って、ロイさんが自己紹介をする。

「お父様ですか？　お嬢様とは縁があるようで度々お会いしております。私、アズール商会会頭のロイ・アズールと申します。以後お見知りおきを」

ジョーにロイさんとは店と祭りでたまたま数回会った事を耳打ちする。

ジョーはやや警戒しながら名前だけの自己紹介をロイさんに返す。スパーク姓は珍しいので要らない情報をロイさんに与えたくないようだ。ナイス、ジョー。

ロイさんは一瞬だけ眉を顰めたが、すぐに笑顔に戻り、注文した商品の確認をする。

「こちらで間違いはない。よろしく頼む」

「畏まりました。お包みする間、お茶をご用意させていただきます」

ジョーが別の店員に案内され奥のソファーに向かったのを見計らって、ロイさんが小さな声で話しかけてくる。

「こんな大量の砂糖をどうするんだ？」

「紅茶にこれでもかってくらい入れてスプーンが立つか実験しようと思ってます」

目を見開いて驚くロイさんを見てニヤっと笑う。子供からだったら何かしらの情報を得られるとでも思っているのだろうか。

「なっ……そうか、冗談か。本当は何に使うんだ？」

「砂糖のスプーン食いですかね。あ、これは冗談じゃないですよ」

ロイさん……いやもうロイでいいや。ロイが何を言っているんだ、この子供って表情でキョトンとしたところでジョーに呼ばれる。

「ミリー、どうしたんだ？　行くぞ」

「お父さん、今行くね。それではロイ会頭さん、ソファーで待っていますね」

ロイは、何か言いたそうな笑顔で終始接客をした。蜂蜜と砂糖を無事ゲットして店を出てロイに外から笑顔で手を振る私を見て、ジョーが尋ねる。

「なんだ。結構、仲が良かったのか？」

「そんな事全然ないよ。早く帰ろう！」

ジョーと手を繋ぎ、鼻歌を歌いながら猫亭へと戻る。

そんな事もあった後、ジョーとの苦戦の日々で成功した菓子はミルクレープ、カップケーキ、レーズンサンド、バクラヴァだ。ベイクドチーズケーキはクリームチーズの製作が安定しないので、まだ完成とはいえない。オーブンの関係上どちらかというと見かけはバスクチーズケーキに近い、上部分の焦げが目立つ仕上がりだ。

バクラヴァは、ナッツを数層のパイ生地に挟んで焼いた物に砂糖と蜂蜜のシロップを浸した、前世ではトルコやその近隣の郷土菓子だ。これはジョーが気に入りすぎて、全部食べそうな勢いなので死守しないといけない。シロップ部分に使用する砂糖が高額で採算が合わないため、かなり水増ししたのを使っているが美味しいと思う。

今日は砂糖も補充できたし、バタークリームなどの新しい色つけの研究ができる。それに……たまに砂糖をパクッとね。スプーン食いを想像して笑顔になっていたら、ジョーに注意される。

「ミリー、砂糖をスプーン食いするなよ」

なんで考えていた事がバレたんだ！　こっそり食べる予定だったのに……

無事、猫亭に帰宅。早速、着色の研究を始める。

赤やピンクは前回のミカエルさんのマカロンの色付け同様、赤ビーツで簡単にできた。少量で色がつくので土臭さも気にならない。

次に赤キャベツの実験。出汁は紫だが重曹を加えると青に変化、更に重曹を加えると緑に、そしてレモン汁を加えるとピンクに変色した。小学生の時の理科の授業が初めて役に立ったのではないだろうか。ピンクは赤ビーツのほうが鮮明だがどちらも使えそうだ。赤キャベツの出汁の色が変わる理由は覚えてない。残念ながら絵の具のような混ざり方はしないがこれだけの色があれば十分だ。

ほうれん草で作った緑の粉末もできはいいが、独特のえぐみを感じたので却下。

次は砂糖の着色料を試してみる。砂糖に濃縮した着色を一滴垂らして色付けをしてカラーシュガーを作った。やっぱりスパークの名前通りきらめきが必要だよね。様々な色のカラーシュガーをパラパラとカップケーキのバタークリームの上に散りばめる。

「ミリー、これは凄いな。宝石のようだ。赤ビーツなんか使い勝手悪い野菜のはずだろう。スープが真っ赤になるだけだ」

ジョーが手についた赤ビーツの汁を擦りながら言う。

「赤ビーツは赤ビーツで普通に美味しいと思うけど？」

ジョーにスープ以外のレシピを尋ねられたので、頭に浮かんだ簡単な物を教える事にした。

「赤ワインあったよね？」

「ああ、あるが……飲むのはダメだぞ」

「料理用に使うだけだよ」

赤ビーツを蒸して冷まし、ジョーに頼んで赤ワインに少量の砂糖を混ぜ煮詰める。火から下ろし冷えたら酢を加えバルサミコ酢の代用品を作る。さらに煮詰め、とろみをだしたらなんちゃってバルサミコ酢リダクションができる。赤ビーツに和え、上からカッテージチーズをかけて完成。ジョーに一番に食べてもらう。

「このソース凄いな！　野菜がこんなに美味しくなるのか？」

赤ビーツの本来の旨さを良く引き出した味になった。砂糖は偉大だ。

「砂糖も使うから少量しかできないけど、美味しいね。それより、次はクッキーのアイシングに取り掛かろう」

「待て待てミリー。俺はまだこのソースに衝撃を受けているんだ。このソースはなんと呼ぶんだ？赤ワイン砂糖煮込み酢か？」

ネーミングセンスよ。レシピまんま紹介な名前。流石はジョー。バルサミコ酢でいいんじゃないかと提案したが、どうやら発音が厳しいようだ。

「ば、ばば、バールサミコ。言いにくいな」

確かに本場の人には怒られそうな作り方だしバルサミコ酢と名前を付けるのは後ろめたいね。名前は悩んだが何も出てこなかったので、ジョーの候補の中のまともそうなサミコ酢になった。サミコって名前の日本人いそうだね。でも、他の候補が酷くてこれになった。なんとなくサミコ酢と言う名前には納得してないが他に名前が出てこなかったので仕方ない。

ジョーはその後、蜂蜜でもサミコ酢を作って野菜にかけていた。蜂蜜のサミコ酢も悪くないな。

◆

マカロンの色つけは、ほぼ成功した。赤、ピンク、紫、薄紫、青、水色、緑、黄色、薄茶色と鮮やかな粉末状、それから赤キャベツの粉末にレモン汁などを加えて色を変えた液体状の着色料が並ぶ。粉末状は乾燥させるのに温風魔法を使った事で、製作時間は通常の半分ほどに短縮したが、ジョーにはその事でやや疑いの目で見られた。これだけの色があれば十分だろう。後は味だ。

残念ながら今はリンゴやベリーの季節ではないのでそちらは手に入らない。将来的には砂糖を使用して長期保存できるジャムなどを作りたいが、今は保留とする。

まだ冬の今の時期に手に入る新鮮な果物はレモンやオレンジかな。南の地域で収穫された柑橘類はこの時期、凍らないように丁重に運ばれてくる。柑橘系は意外に用途があり需要が高いのか、一つ小銅貨一枚ほどだ。他の安い野菜に比べれば高いが庶民にも買えなくはない。

他にマカロンに使えそうな物はピスタチオ。こちらでは緑の殻豆と呼ばれているが見かけも味もピスタチオだ。この時期は割高だけど一袋銅貨一枚で手に入る。

あと作れるものは何かあるかな？　薄茶色のマカロンの味はどうしよう？　紅茶かピーナッツバターかな？

（茶色……あああ！）

どうして今まで忘れていたのだろうか！　キャラメルがあるじゃん！

「お父さん！　お父さん！　キャラメルを作ろう！」

ジョーの足元でジャンプしながら訴える。

「ミリー、騒がしいぞ。きゃらめるとはなんだ？」

「砂糖のソースだよ！　とってもおいしいの。マカロンに使おうと思って」

「分かった。分かったから、そんなに俺の服を引っ張るな」

現在火を使う料理は、ジョーと一緒の時じゃないと許可されていない。コンロへの身長が足りないしね。ジョーは火魔法を毎日使ってるから操作も上手い。

今回、そんな火魔法が得意なジョーにお願いするキャラメルは二種類。一つはマカロン用のキャラメルソース。もう一つは生キャラメルだ。ジョーは、私の態度から身構えていたが材料がミルク、バター、砂糖だけの事に拍子抜けしていた。

「なんだ？　材料は三つだけか？　この生キャラメルもレシピ用なのか？」

「……いや、普通に食べたいだけ」

ジョーが無言のジト目を向けて来るので、生キャラメルは口の中が天国になる菓子だから絶対に作らないといけないと説得する。ジョーも興味を持ってくれたようだ。

「お父さん、まずは生キャラメル作ろう。三つの材料を入れて最初は中火それから弱火ね」

火加減が強すぎたのか、生キャラメル試作品一号は焦げた。

「火加減、難しいな」

ジョーでも火加減が難しいのかぁ。ペロリと失敗した試作品を舐める。味は正直、悪くはないけれど……失敗だな。これでは口当たり滑らかには固まらない。

「お父さん、こっちの小さい鍋を使ってみようよ」

「ああ。火の調整なんだが……これを使ってみよう。これなら弱火を保つ事ができる」

ジョーが、初めて見る黒い小さな缶を取り出して、ハンマーとノミで開ける。缶の中身はベットリとした青っぽい物が入っていた。

「何これ?」

「スライム缶だ。いつもはオーブンの火を絶やさないために使うやつだ。猫亭は俺の火魔法があるから普段は使用しないが、薪だと使用料も管理も大変だからな。こいつを使う」

スライムとは……ファンタジーの世界だ。これは固形燃料みたいな感じで使われてるのかな?

冬の寒い間は、お客さんのためにもオーブンの火が絶えないように温めているそうだ。一缶もあれば、弱火だが朝まで燃え続けるという。初めて知った。

「危なくないの？」

「燃えやすいが、缶に入ってる分は問題ない。使い切りなのが大変なんだがな」

森にいるスライムは特に乾燥してる時期には火災を起こしやすいらしく、冒険者がよく依頼を受け討伐するそうだ。スライム缶は、その放火スライムの核を取り除いたゼリー状の部分を詰めた物らしい。火災を起こすスライムとか怖い。

大量の薪よりスライム缶のほうが安いらしいのでこの時期は重宝しているとの事だった。

これ、卓上用の固形燃料として使えないかな？　一晩中燃え続けるのは不思議だが、卓上で使えるならチーズフォンデュができそうだ。ああ、トロットロのチーズをパンに付けて……美味しそうだな。なんて考えていたら、ジョーに覗いていたスライム缶を取り上げられる。

「ミリー、何、涎を垂らしてんだ。これは食いもんじゃねぇぞ」

「分かっているよ。じゃあ、もう一度生キャラメルに挑戦してみよう！」

涎を拭き、スライムを投入する。ジョーが火をつけるとボワっとスライムが燃え始めた。本当に火がついた……不思議だ。

先程より小さい鍋で再び生キャラメルを作り始める。

「お父さん、いい感じだよ。火から下ろして大丈夫だよ」

「随分と纏まったな」

準備していた入れ物に粗熱を取った生キャラメルを流し込む。

「常温でしばらく冷やしてから氷室に入れよう」

「時間がかかんな。もう一つのキャラメルも同じなのか？」

「うーん。生キャラメルよりは時間かからないと思う」

ジョーに鍋に砂糖だけを入れ中火にかけるようお願いする。

「ミリー、砂糖が溶けて来たぞ」

「少し色がついたら、温めておいたミルクを少しずつ入れてね。火は弱火だよ」

無事に一回で成功したキャラメルソースを火から下ろして冷ましている間に、バターをネリネリと混ぜる。

「結構、高級な材料を使うが、採算は合うのか？」

ジョーが練られるバターを見ながら尋ねる。

「うーん。キャラメルマカロンは他のよりも利益が少ないかもね。でも、レモンやオレンジのマカロンはキャラメルより格安だよ。原価は違うけれど、平均価格で売るかな」

「確かに味だけで値段が違うのは買いにくいな」

マカロンは、どちらにしても高級品になる。ミカエルさんは売れると自信を持っていたが、売れ続けるという面では高級品過ぎるのも問題だ。

練り終わったバターにキャラメルソースを加えホイップ。ジョーの筋肉にエールを送る。

「お父さんの腕、頑張って！」

「筋肉使う作業が多いな」

ほぼジョーのおかげでキャラメルのバタークリームが完成した。作っておいたマカロンに挟み食べる。ああ、至福。

ジョーもほろ苦いキャラメルマカロンを大人の味だと言って気に入ったようだ。キャラメルクリームは成功だね。将来プリンを作る時も問題なくカラメルソースを作れそうだ。氷室に入れたままだできていない生キャラメルも早く食べたくて、氷魔法でこっそり冷やして氷室から出した。

「氷の上に置いたのか？　これ……器が凍ってねぇか？」

「え？　そうかな？　生キャラメルを切っていくね。お父さん、包丁を温めてくれる？」

生キャラメル自体は凍っておらず、温かい包丁でスムーズに切れた。一つ一つ、包んでいくとジョーが訝しげに包み紙について尋ねてくる。

「その紙はなんだ？」

「ジゼルさんから買った薬包紙だよ。これで包むと引っ付かないよ。でも、今度は紙屋で買おうと思う。ジゼルさんが私の事を病気じゃないのかって心配するし……」

「それは、ミリーがジゼルんとこの薬屋を八百屋みたいに使ってるからだろうが！」

ジョーに指摘され、エヘヘと笑う。薬包紙は元々アイシングクッキーに使うためにそれなりの量を購入していた。他に何かを尋ねられる前に生キャラメルをジョーの口の中に放り込む。

「ん？　感想を考える前に口の中で溶けていったぞ。もう一個くれ」

ジョーが無言で生キャラメルを何個も食べ始めたので大声で止める。

「お父さん！」

「あぁ、すまん。これは危ないな。美味すぎる」

ジョーから生キャラメルを死守して一粒口に入れる。ああ、天からのお迎えが……至福。

「ミリー、もう一個くれ」

「ノー」

生キャラメルをジョーから見えないようにポケットに入れた。

バタバタとしていたら、すっかり二の月も半ばに差し掛かっていた。

ベイクドチーズケーキ用のクリームチーズもなんとか安定して作れるようになった。チーズケーキはマリッサのお気に入りだ。

アイシングクッキー用の型は鍛冶屋に作ってもらっている。丸、四角、三角、ハート型、星型、猫型、それから蛤（はまぐり）の貝型をお願いした。鍛冶屋は『またこの子供が来たのか』という表情だったが、何も言わずに注文を受けてくれた。

「ねー。ボー。ねぇね。ボー」

「ジーク、ボーロが欲しいの？　ちょっとだけよ」

ジークは、ボーロの事をボーと言って自分の口を指しながら食べたいと、よく伝えてくるようになった。自分の意思がはっきりしてきたのか最近は身振り手振りが激しくなってきた。おやつのボーロが大好きで、食事もボーロを要求するので最近は食べ過ぎないように少量のみを与えるようにしている。

「ねー。みゃーみゃー」

ボーロの次は猫だ。誰もいない時は土魔法で猫を出して遊んでいる。ジークはみゃーと名付けた猫の尻尾がゆらゆらするのを見るのがお気に入りだ。

ジークにまた布の絵本でも作ろうかな。猿かに合戦は所々ボロボロになっている。

「ミリーちゃん、お昼を持ってきたよ。唐揚げと餃子だよ。ジークの離乳食も持ってきたよ」

「マルク、ありがとう！」

マリッサの代わりにお昼を持ってきてくれたマルクは忙しいからとすぐに仕事に戻った。

昼食を食べ、ジークにも食事をさせようとするがボーロが欲しいと嫌がられる。仕方ないので土魔法で出したみゃーの尻尾にスプーンをつけ食べさせる。

「はい。あーん」

「みゃー。あむ」

無事にジークの食事も終え、軽い追いかけごっこをする。ジークの二足歩行は、益々力強くなってきた。歩くのに疲れるとオモチャガチャガチャの時間。それが終わると昼寝の時間になる。昼寝は私も一緒に寝てしまう事が多い。今日もそんな感じで、ウトウトしてジークの横で目を瞑る。

しばらくして誰かに身体を揺さぶられ起きる。うーん、まだ眠い。

「ミリー、起きなさい。今日は、鍛冶屋に注文した物を取りに行くんでしょう？」

「……お母さん？　ああ、クッキーの型。うん。取りに行ってくる」

眠たい目を擦りながら出かける準備をする。

東区は冒険者が多いので鍛冶屋も他の区に比べて多い。今、私が訪れている鍛冶屋は家から一番近い場所にある店だ。

「こんにちは。注文の品を受け取りに来ました」

「嬢ちゃんか。できてるぞ。確認してくれ」

店の奥から出てきたのは、三十代後半のがっちりした体型の男性。鍛冶屋の店主ジェイさんだ。仕事は丁寧で、ある程度の融通が利いて良心的な事から利用客は多い。

「うん。希望通りです。素材は錆びない奴ですよね？」

「嬢ちゃんの希望通りな。錆びない素材だから全部で銀貨一枚だ」

ステンレスなのかは分からないが、クッキーの型は錆びてもらっては困る。

「はい、銀貨一枚です」

「ジョーは子供に大金持たせてんな。財布は大事にしまえよ。気をつけて帰れ」

ジェイさんは余計な詮索は基本しないので注文しやすい。お礼を言い、店を出る。

クッキーの型もできたので、早速、次の日からジョーとアイシングクッキー作りに取り掛かる。

「このクッキーのレシピは、レーズンサンドとは違うな。エンリケさんからいつももらうクッキーに近い仕上がりじゃないか？　レシピ登録はできるのか？」

「ギルド長からもらってるクッキーとは種類が違うけどね。あれは多分、卵使っていない奴だよ」

心配なのはこの前のソフトクッキーだ。あれのレシピは卵を使ってるかもしれないから、材料が類似していてレシピ登録が却下されるかもしれない。ソフトクッキーはお土産として猫亭のみんなに配ったが、かなりの高評価を得ていた。

「アイシングの卵白はこれぐらいでいいか？」

「うんうん。じゃあ粉糖を入れて行くね」

卵白と粉糖をホイップ、着色。コルネ型にした薬包紙に入れていく。

薬包紙はキャラメルの包紙でも使った薬屋で買った物を使用。熱過ぎる物には使えないが前世の物より何故か耐久性がある。

(ジゼルさんに聞いても、原料が良く分からないみたいだったんだよね)

食べても害はないという事だったので、この薬包紙にアイシングを入れクッキーのデコレーションをしていこうと思う。

「お父さん、こうやってアイシングを薬包紙に入れてクッキーに絵を描くの」

「その紙、一体いくつ買ったんだ?」

「そ、そんなにたくさんじゃないよ」

ジョーの懸念する通り、薬屋を利用し過ぎた。しばらくの間、薬屋の利用を控えよう。

ハート型クッキーのベースをピンクで塗り、白の水玉模様を描く。薬包紙のコルネは使いにくいかもと思ったけれど、杞憂(きゆう)だった。ジョーにピンク水玉のアイシングクッキーを見せる。

「確かに可愛いな。さすがミリーだ」

次の蛤(はまぐり)型には、水色でベースを塗り白い線を入れて貝の縁取りと模様を入れ、青く染めたカラーシュガーを散りばめた。手間がかかるので大量生産はできないだろうが、限定品的な物として一緒に並べれば見栄えはいい。

「こうやっていろんな模様や絵を描いていくの」

「本当に宝石みたいだな」

ジョーもアイシングクッキーに挑戦。しばらく独りで黙々と作業をしていたのでやや不安になり手元を覗いて止まる。白と茶色の、なんだろう……

「お父さんのそれは何？」

「オークカツだ。白い部分はプレートだ。黒があればソースも付けられるのにな」

思わずブハッと笑う。

「最初に描くのが食べ物ってやっぱり料理人だね。黒か。黒に使える物は二つくらい思いつくけれど、一つはまだみた事ないからなぁ」

「もう一つは何だ？」

「炭」

「確かに黒いな。石鹸にも使うしな。だが、食ってる奴はいないいな」

「その辺の炭を使うのも安全面で微妙だね。黒色は保留かな」

それから、残りのクッキーにもアイシングの飾りつけをする。

「菓子は結構な量になったが、まだレシピがあるのか？」

「パウンドケーキっていうお菓子は比較的簡単だからすぐにできるよ。次はそれを作ってみる？」

「明日以降で頼む。家族だけで今ある菓子を食い切れねぇ」

厨房のテーブルに散乱する大量のアイシングクッキーを眺めながらジョーが苦笑いする。確かに作り過ぎだ。消費が追い付かなくなってしまう……いや、もしかして残った分は私が全部――

何かに勘付いたジョーが菓子を集め、猫亭のみんなに配る。余った物は砂糖と同じようにどこかへと隠された。因みに、アイシングクッキーを見て、一番喜んだのはマルクだった。

◆

「最近何をやってんだよ？　全然外に出てこねぇって、母さんも心配してたぞ」

「マイク、久しぶりだね。ちょっとお父さんと料理の研究をしてたんだよ」

「今日もやんのか？」

「ううん。しばらくお休みする」

そうなのだ。連日の甘いお菓子攻撃でジョーがいっぱいいっぱいなのだ。ジョーが数日はクリームや菓子を見たくないと言うので、お菓子研究はしばらくお休みにした。今日のジョーはランチ後に、余程気に入ったのかサミコ酢の研究をしている。

「俺も今日は仕事終わらせて、やる事がねぇ」

マイクは夏には八歳になり、お手伝いから見習いに昇格する。身長も高いので、十歳ほどに見える。マイクの三歳上の兄トムも身体が大きい。

「じゃあ、頑張っているマイクにこれあげるね。クッキーだよ」

ジョーがクッキーを集める前にいくつかくすねていたのをマイクに分ける。初めは食べ物だと分からなかったマイクがクッキーを口に入れ目を見開く。

「これ、すげぇうめぇな！　これ、砂糖か？　俺、初めて食った」

「砂糖は薬屋にもあるよね」

「母さんが棚に鍵掛けてやがるからな。小さい頃に兄ちゃんが盗み食いしたらしい」

トムが？　そんな感じはしないのに、意外とマイクと同様に悪ガキだったのかもね。

「トムも悪戯好きなんだ」

「兄ちゃんは結構悪さするぞ。それより、何か面白い事がしたい。文字とか数字以外だぞ」

以前同様の質問をされた時に、数字や文字のゲームを紹介したのに、喜んでたのはマルクだけだったんだよね。うーん。面白い事か……そうだ！

(缶で面白い事ができそう)

とりあえず、使えそうな缶を漁る。日本で見ていた缶とは別物だが、一つ一つが手作りのせいかそれなりの価格がする。缶があるならアジュールから魚を缶詰にして運べるんじゃないかと尋ねたが、ジョーにはそんな事したら腐るからダメだと真顔で言われた。

うーん。缶詰の正式なやり方が分からないのが悔しい。お魚が食べたい。

缶を持ってマイクと四階に行くとジークがトテトテとやってくる。

「ねぇね」

「ジークも缶で遊ぼうか？」

考えている缶遊びに必要なのは太い糸、ボタン。ジークがマリッサとマイクにボーロをおねだりしてる間にサッと風魔法で二つの缶の裏に小さな穴を開けボタンを付けた紐を通す。

そう、できたのは缶の糸電話だ。怪我をしないよう縁はこっそり風魔法で滑らかにする。

マイクに完成品を見せる。

「なんだ、これ？　ジークの鈴のオモチャと同じ物か？」

「違う。まあ、見てて」

マイクに缶の片割れを渡し、ピンと紐を張りコソコソ声で缶に声を吹き込む。

【もしもし】

マイクを見ると硬直している。あれ？　聞こえなかった？

【マイク、聞こえる？】

「わぁぁ！　ミリーの声が缶から聞こえるぞ。どうなってんだこれ？」

マイクが缶を叩いたり覗いたりする。

【もしもし、マイクも何か言って】

「もしもしってなんだよ？」

「いいから、何か言ってみて」

ニヤっと笑ったマイクがボソッと缶に声を吹き込む。

【ミリーのバーカ】

「おい。誰が悪口を吹き込めって言った！」

「聞こえんのかよ。すげぇな。なんで聞こえんだ」

マイクに糸の振動や糸電話についての詳しい仕組みを説明するが、一気に興味をなくしたような顔をされてしまう。

「とにかく、揺れだよ。だから、ここの糸を摘まむと——ほら、聞こえなくなるでしょ?」

「本当だ。聞こえねぇな」

「本当に声が聞こえるの?」

ジークをあやしていたマリッサにも糸電話を耳にあててもらい声を吹き込む。

【もしもし、お母さんとジーク】

マリッサは驚きながらも糸電話を欲しがるジークにも私の声を聞かせる。

「本当に不思議ね。ジークもミリーの声がして驚いてるわね」

ジークは紐を引っ張り噛み始めたので、糸電話はまだ少し早かったかもしれない。

四階から退散してマイクと糸電話で遊ぶ。二階から通話したり、糸を長くしてどこまで聞こえるのか試したりして遊んでいたら夕方になった。

「これ、もらってもいいか? 兄ちゃんにも見せたい」

「勿論だよ」

マイクはそのまま家に帰りトムに糸電話の凄さを披露したらしい。トムはその後、同い年の友達に糸電話を教え、糸電話は瞬く間に幅広い年代の子供たちのオモチャとして広まった。

多くの商会が糸電話の出所を探ろうとしたらしいが、子供たちは誰から聞いたのかはっきりと覚えておらず私まで辿り着く事はなかった。

商業ギルドに登録して権利をせしめようとした輩もいたというが、その頃には糸電話はすでに王都中で作り方が広まっており、誰が初めに作ったか分からない物なので登録は認められないとの決断を商業ギルドが出したため目論見は外れ、更に王都中に広まった。

糸電話はその後も長く子供のオモチャとして王都に定着した。しかし、糸電話を使う時に発する『もしもし』と言う言葉の意味は誰にも分からなかった。

◆

王都は、春の訪れが近づくのを知らせるかのように随分と暖かくなってきた。今日は朝から猫亭でお手伝い。

「お待たせしました。鶏と麦入り野菜スープにパンとポテトサラダです。小銅貨三枚です」

この時期になると商人も段々と増えてくる。猫亭も現在、七部屋が商人で埋まっている。

商人の数は、西区のほうが多い。でも、東区にも冒険者関連のものや食材を取り扱う商人の出入りがある。猫亭に泊まる商人のほとんどは、食材関連を取り扱っているとの事で、南の地域から商売のために王都に滞在していると聞いた。長旅にはそれなりの経費が必要で、王都で安く宿泊できる綺麗な宿はありがたいそうだ。

朝食を食べていたとある商人の驚いた声が食堂に響いた。どうやら、何か災害の話をしているようだったので聞き耳を立てる。

「おいおい。聞いたか？　ラッツェの地域で凄い地面の揺れがあったらしい」

「ああ。昨日、聞いた。去年の終わりだろ？　作物に影響はないが街の建物やらが壊れたらしい。復興に時間が掛かるというから、食材が値上がりするかも知れん」

「なんでも王太子殿下が直接視察に向かったらしいぞ」

「一昨年の別の災害にも視察に行ってたからな、慈悲深いお方なんだろう」

（ラッツェ？　どこだったかな？）

確か、前に商業ギルドの地図で見た事がある。王国の南の地域にある大きな街だったかな？

揺れというのは地震だよね。こちらの世界にもあるのか……。日本では定期的に揺れていたし、なんで地震が発生するのかを前世の人々はある程度把握していたけれど……

「創造神様のお怒りだな」

「そうだな」

隣で同じく聞き耳を立てていた冒険者たちが次々と同意する。どうやらこの国では地震は創造神の怒りとされているらしい。神様のイラスト本を読む限り、怒ったから揺らしてやる、なんて幼稚な事をやる人物には思えないけれどね。

「ミリー、皿を洗い終わったら一緒に買い出し行くぞ」

「はーい」

ジョーと向かったのは市場ではなく、二十分ほど歩いた場所にある大きな食材の商店だ。商店というか、これはどっちかといえば倉庫だな。

中から、前回穀物の配達ミスでピーナッツを持って謝罪に来た穀物屋の店主が現れる。

「ジョーじゃないか。何か足りないもんがあったか？」

「最近、客が増えてな。思ったより食材の減りが早かったんだよ」

「注文表を持ってくるから待っておけ」

穀物屋の店主を待つ間、倉庫を見学する。米を探したが、やはりないようだ。ふと目に入った黄色い粉。これは、コーンミールだろうか？　ジョーの服を引っ張り、黄色い粉について尋ねる。

「お父さん、これは猫亭で使ってないよね？」

「それは、南区のパン屋が良く使う価格が安いとうもろこしの粉だ」

家畜の餌にも使われるから主に貧困層向けで、使わない飲食店が多いという。もったいないな。

「ジョー、注文表だ。決まったら持ってきてくれ」

注文表の木簡を見ると絵と数字が書いてあった。とうもろこしの粉はこれだな。

「こんなに安い値段なの？　小麦粉の六分の一の価格なんだね。ねぇ、お父さーん」

上目遣いでジョーを見つめる。

「なんだその顔は？　これが、欲しいのか？」

元気よく返事をするとジョーが菓子以外も作るならと購入を許可してくれる。ジョーはもう少しだけお菓子作りを休みたいようだ。

コーンミールで何を作ろうかな。コーンブレッドとかはパンギルドに喧嘩をふっかけるも同じだから作らない。うんうん。いくつか食べ物のレシピが浮かぶ。

それから、お菓子が金持ち用ばかりっていうのも癪なので庶民クッキーも作ろうかと思っている。

価格が下げられないのは砂糖が原因だから砂糖なしでも美味しいクッキーを作りたい。

買い物を済ませ猫亭へ帰る。買って来たコーンミールの袋を下ろしながらジョーが尋ねる。

「それで、とうもろこし粉で何ができるんだ？」

「お父様！　それはですね。ケチャップにも合うポレンタフライですよ！」

「お、お父様？」

ジョーには後で庶民クッキーを作るのに協力してもらいたいので、お父様と呼んでゴマをすったが、逆に怪しまれる。

「ポレンタフライ、下準備ならすぐにできるよ」

「それは、フライドポテトとは違うのか？」

ジョーにポレンタフライのレシピを説明して、先ずはコーンミールと水を鍋に投入して煮る。もっさりとしてきたら塩を加えてまた混ぜ、冷ましてから氷室に入れる。

「冷ます間に夕食の準備をするから手伝ってくれ」

「畏(かしこ)まりました。お父様！」

「あとで菓子が作りたいなら手伝ってやるから、お父様はやめろ」

「お父さん、大好き！」

ジョーの足にハグをすると現金だなとジョーが笑う。

夕飯の準備を済ませ、氷室からポレンタフライの元を取り出しスティック状に切る。半分はハーブと塩、もう半分はガーリックバターで味付けをしてオーブンに入れた。

黄金色に焼き上がったポレンタフライ。食欲をそそる匂いが厨房に充満する。

熱々をジョーと同時に口に入れる。ああ、至福。ホクッとした食感に口の中で広がるガーリックバターの味。くぅぅ。ビールが飲みたい！

「うめぇな。酒に合いそうだ。確かにケチャップ、それにマヨネーズにも合いそうだな。残りは今日のディナーで客に出してみるか」

これならだれも文句をいう事がないだろう。

「さすがお父さんだね。実はね、ケチャップとマヨネーズを混ぜると、とても美味しいソースになるんだよ。ポレンタフライにも合うと思うよ」

ジョーが二つを混ぜ、旨い旨いとポレンタフライをガツガツ食べながら尋ねる。

「そういえば、なんでマヨネーズは公開しないんだ？」

「んー。生卵だから取り扱いを間違えると危ないかなと」

「俺にしつこく酢の量がとか言ってたやつか？」

「そうそう。誰も彼もがマヨネーズを作り始めて食中毒が増えたら大変だもん。だから、マヨネーズは、今はお父さんだけが作ればいいよ」

マヨネーズ。きっと公開したら売れるのは間違いない。だが、この世界では目分量で測る人が多すぎるし、もう衛生面がね……うん、今の王都の衛生面でマヨネーズをのさばらしておけないのだ。

ぶるると身震いをして何もない空中に向かって唱える。

「クリーン！」

「ミリー！　何もねぇとこにクリーンをすんな！」

◆

庶民だってお菓子を食べたい。価格のせいで手が出ないだけで、別にお菓子を食べたくないわけではない。みんな誰だって美味しい物が食べたいんだ。

「ミリー、ピーナッツバターができたぞ」

「ありがとう、お父さん」

今日は私のゴマすりが成功してジョーと庶民クッキーを製作中。

「材料はこれでいいのか？　混ぜるとすげぇ引っ付いてくんぞ」

材料はコーンミール、オーツ麦、ナッツ、ピーナッツバター、卵、重曹にバター。ショートニングが欲しいが、ない。作り方も……植物性油を使う以外何も分からない。

ベタベタとする生地をスプーンで形を整えて鉄板へ落としオーブンで焼く。庶民クッキーは、コーンミールナッツオートミールクッキーと名付けようとしたが、どこかの変態騎士みたいに長い名前になったのでオーツクッキーに変更。

冷ましたオーツクッキーを食べてみる。

(甘さ成分が足りない)

砂糖ゼロだから当たり前だ。試作品一号は没だな。二号三号と没が続く。

「お父さん、次のクッキーは、一号と同じ材料でナツメヤシを刻んで入れてみよう」

ナツメヤシを入れたクッキーが焼き上がる。匂いは美味しそうだ。冷まして食べてみる。

「おお！　これは美味しい」

ナツメヤシがいい仕事をしている。砂糖もいいが、この健康的な味のクッキーも素晴らしい。材料費は一個鉄貨二枚分くらいだ。これなら一つ小銅貨一枚で売れる。

ジョーも甘さ控えめが気に入ったようで、小銅貨一枚なら売れるだろうと誉めてくれた。

これで貴族や富裕層以外にも甘味が広がるといいな。今後いつか、甘味の需要が増え輸入がもっと頻繁になれば砂糖の価格も落ちると願いたい。

さて、菓子作りはこれでひとまず終了かな。結構品数は揃えた。これだけのレシピがあれば爺さんも満足すると思うんだよね。お披露目は次に爺さんに会う日を予定している。

「あ、そう言えば、冬はギルド長の誕生日だったんだよね？　プレゼントは何がいいかな？」

「プレゼントか？　エンリケさんには手に入らないもんなんて、ないんじゃないか？」

いえいえ、一つだけあるんですよ。爺さんが泣いて喜ぶだろうプレゼントが。本来、大人の誕生日にプレゼントはしないのだが、これは色々なお礼も兼ねている。また裁縫タイムが来ると思うと憂鬱だけど、爺さんの喜んだ顔を想像すると……あれ、想像できない。思い返したら、いつもブスっとしてるかニヤリとしている顔しか見た事がない。

「菓子作りも一段落したから、しばらく砂糖は見なくても——ミリー、スプーンを渡せ」

砂糖が隠される前に急いでスプーンを口に運びジャリジャリと咀嚼(そしゃく)しながらジョーにスプーンを

渡す。

「……あれだけ菓子を食って、まだ砂糖をスプーン食いできるのが俺は信じられないよ」

ジョーが呆れながらスプーンを受け取り、商業ギルドに行く前に今後についてマリッサも加え家族会議をする事を提案される。もちろん、賛成だ。

オーツクッキーはスミスきょうだいにも好評であっという間に全部消えていった。

ジョーは夕食の準備に取り掛かり、私はマルクと勉強を再開した。お菓子作りでしばらくマルクの勉強を見ていなかったが、その間マルクは一人でドリルを延々と解いていたらしく、足し算は二桁まで完全にマスターしていた。

いい機会なので引き算も教えた。引き算のほうが難しいだろうと勝手に思い込んでたのだが、マルクは引き算のほうが得意のようだった。文字の勉強も自習を続けていたマルクは、今ではとても綺麗な字を書く。うまく続ければ、将来は職に困る事はないだろう。

マルクが引き算の練習をする傍ら私は爺さんへのプレゼントを制作する。

（痛っ。また針が刺さったよ）

こっそりとヒールを掛ける。くぅ……なんで裁縫だけ不器用なんだこの身体は！

爺さんへのプレゼントは、この裁縫物とマリッサと一緒に刺繍を入れた手ぬぐいだ。時間があれば絵も描こうかな。

夕食の時間になり、マルクとジークとの三人で食事をする。

「ねぇね。ボー」

「今日のジークの夕食はね、鶏のスープと野菜だよ。はい。あーんして」

「んーんー」

ジーク、口を開けないつもりだな。そんな態度ならば、ねぇねにも考えがある。

「マルク、ちょっと手伝ってくれる？」

マルクがボーロをあげるフリをしてジークが口を開けたところに、すかさず横から野菜を入れた。

何が起こったか分からずモグモグと野菜を食べるジーク。

（ふっ。勝ったな）

「ミリーちゃんの鼻がヒクヒクしてる時の顔は、ジークにそっくりだね」

私の勝ち誇った顔はジークのドヤ顔と同じだとマルクに指摘される。これは、前にも言われたね……

夕食後は、ジークのトイレトレーニングだ。毎回、食後にオマルを紹介している。

何度か土魔法で作ったジークに似た人型にオマルを使わせシミュレーションをしてからは、ジークもオマルに近づく程度の興味をもってくれている。こればかりはゆっくり進める予定だ。マリッサからも無理矢理させちゃダメだと言われている。

「ねぇね。ボー」

ジーク……最近、ねぇねイコールボーロな気がする。気のせいよね？

◆

今日は、マリッサとそれからジークも一緒に市場を訪れている。ジークは、遠くにも連れて行けるようにトレーニング中だ。この国には乳母車がないようなので、幼い子供は基本おんぶだ。おんぶ用の紐は私のおさがりだが、意外に丈夫な物なので安心だ。

私のご近所デビューは髪色問題で遅かったが、ジークはもうすでにデビュー済みだ。そして髪の毛はふさふさのクルクルである。

「ジークの髪はジョーのお父様に似たのね。ふさふさの癖毛も色もそっくりだわ」

「顔はお父さんとお母さん両方に似てるよね。でも、鼻のヒクヒクは私だね」

「ふふ。あれは、ジョーもやるのよ。二人はジョーに似たのよ」

帰る前にムクロジの実を買いに雑貨屋に向かうが、人の壁で通る事ができない。

（なんで、こんなに人が立ち止まってるんだろう？）

つま先立ちをするが身長が足りず……。諦めようと思ったら男性の大声が聞こえた。

「おい！　離せ。この野郎がぼったくってんだよ」

「両方から話は聞くから大人しくしろ、この酔っ払いめが。詰め所に連れて行くぞ！」

周りの囁き（ささや）に聞き耳を立てると、どうやら事件は以前ぼったくられそうになったあのお茶を取り扱う店で起こっているらしい。被害に遭いそうになった客が暴れ、衛兵が呼ばれたらしい。あんな感じで商売していたらいつかはこうなるよね。

事件の茶屋の二つ隣にある日用品屋へ行こうとしたが、マリッサに危ないと止められる。

「今日は、もう帰りましょう」

帰ろうとマリッサと手を繋いだら後ろから大きな悲鳴が聞こえた。振り向けば、先ほど揉めていた客の男が衛兵の剣を片手にギャラリーを押し倒し、よろけながら追う衛兵から離れようと丁度人の少ないこちらへと一直線に向かってきた。

(避ける時間がない)

ジークを抱えたマリッサの前に立ち、急いで水魔法の水玉を男の鼻の穴に押し込む。

「うげえぇ、ゴホゴホ」

一気に鼻の中に押し寄せた水で咳込み倒れた男を衛兵がすぐに確保する。水魔法は少量しか使わなかったので誰も魔法に気付いていないはず。痕跡もすぐに消した。

衛兵が男を連行。見物客がまだ群がっていたので、私たちも帰ろうと歩きはじめたら前方から誰かがぶつかってきた。

「あ、ごめんなさい！」

「痛たた」

勢いで地面に尻餅をついてしまう。相手を見上げると見覚えのあるお姉さんだった。年末に猫亭に一人で泊まってたお姉さんか。ここで会うとは凄い偶然だね。王都の人なのかな？

マリッサも私のお尻の埃を払いながらお姉さんに気づいたようだ。

「あら、以前猫亭を利用していただいたお客さんかしら？」

「……覚えてくれていたのですね。年末はお世話になりました。怪我はしていない？」

少しだけ雑談をして、先ほどの騒動と人の多さから今日はもう帰宅する事を伝えるとお姉さんがやけにその話に食いつく。

「さっきは襲われそうになっていたみたいだけれど……危なかったわね」

「男の人がこちらに走って来たけど、衛兵さんに捕まったので良かったです」

「……そう。衛兵に捕まる前に苦しんでいたように見えたけれど？」

このお姉さん、いつから見ていたんだ？　この前と雰囲気も違う感じがするので警戒して子供らしい返事をする。

「衛兵さんが酔っ払いって言っていたから、体調が悪かったのかなぁ？」

「……そうなの。衛兵も大変ね」

ジッと私を見るお姉さんの顔が昔のウィルさんとそっくりで、なんだか居心地が悪くなる。

「ミリー、そろそろ帰りましょう。お客さんもまた猫亭をよろしくお願いします」

マリッサナイス！　一度猫亭に泊まったからって信用はできない。マリッサもその辺は警戒しているのかもしれない。よし！　帰ろう！

「お姉さん、またね！　バイバーイ」

お姉さんに手を振りマリッサと手を繋ぎ家へと帰る。

帰り道、ジークは外出に興奮して疲れたのかマリッサの背中ですっかり眠りこけていた。

レイヴン

レイヴンと呼ばれるダイトリア王国王宮の影は、ミリアナについてのウィリアムの報告を受け、年末からその周囲を時折監視していた。

ラナとカルはその中でも内勤を担当、他の監視業務では直接対象者を見張るような仕事は任されていなかったが、今回は王太子の勅命(ちょくめい)で対象者の監視を請け負っていた。

ベンチに座るカルに合流したラナは隣に座り、まるで他人のように接しながら会話を交わす。

「何か変わった事は？」

「ラナさん。この仕事を俺たちが任されてるってなんかおかしくないですか？　それに、去年から探ってますが、何もないですよ。ウィリアム様の勘違いじゃないですかね」

カルは、この勅命(ちょくめい)を不服だと感じていたが、権力には勝てないようでラナにだけ不満を漏らす。

「ウィリアム様は殿下への忠誠心が薄いという話だけれど、虚偽の報告はしないでしょう。間者の疑いがある者は見張るのがルールなんだからシャキッとしなさい」

「いや、ラナさんはこれを機に昇格を狙ってるだけでしょ。俺は内勤で十分だから」

ラナが呆れた表情でカルに説教を始める。

「毎日監視しているわけじゃないんだから……大体、カルは普段の生活が堕落してるのよ。貴方の部屋なんておぞましくて入れないわ」

カルが疎ましそうに反論する。

「部屋の掃除なんかしなくても生きて行けるんですよ。綺麗だと落ち着かないんです。あの宿も綺麗過ぎて落ち着かなかった。あの子供なんか、俺を汚い物扱いですよ」

「実際に汚いのだから仕方ないでしょ」

隣から感じるラナのジト目を遮るようにカルがこのところのミリアナの行動を報告する。

「……ただの子供ですよ。あー、でもウィリアム様なんて対象者と仲良く買い物なんかして、俺、睨まれたんですよ。酷くないですか？」

「対象者と接点があるのだから、別に接触するのはおかしくはないわよ」

それより何か他に使える情報はないかとラナがカルに尋ねる。

「一番のハイライトは、宿泊した時に何かの動物の足音が天井から聞こえたくらいです」

「え？　鼠がいたの？」

「いや、猫とか？　鼠の走り方じゃなかったですよ」

「なんで鼠の走り方じゃないって分かるのよ」

「良く俺の部屋に出るんで」

ラナはビクッと肩を揺らし、腕に立った鳥肌を撫でる。鼠の話を振り払うかのようにミリアナに視線を移せば、走る衛兵と叫ぶ男が見える。

「酔っ払いみたいね。昼から面倒――」

ラナは一瞬目を離した隙にミリアナを見失った。ベンチから立ち上がり急いで再び姿を発見するも、同時に目に映ったのは先ほどの酔っ払いが剣を抱えミリアナに向かっているところだった。

（——危ない！）

そう思った瞬間に男がミリアナの前で倒れる。ラナは男が倒れる直前に鼻の辺りに水のようなものが集まるのが見えたような気がした。

「……誰かの魔法？　カル、今の見てた？」

「酔っ払いが倒れた場面ですか？　見てませんでしたが、対象者は無事そうですね」

「街中で攻撃魔法を放つ人物は危険だわ。近くに行けば分かるかもしれない」

「ちょっと、ラナさん！」

カルが引き止めるのを聞かずにラナが男の元へと近づき、ミリアナとぶつかった。

ラナは他人のフリをして誤魔化そうとしたが、マリッサに容姿を覚えられていた事に内心少し焦る。それでも外面的には平常心を装う。

（大丈夫よ。ただの客だと思っているはずよ。それよりも、先ほどの魔法……まさかこの子供が放ったの？）

内ポケットにある魔道具ですぐにでも魔法の痕跡を調べたかったラナだが、そんな事をするのは不審者そのものだとグッと拳を握る。

ラナは、ミリアナを怪しみながらも近くにいた二人なら何か魔法を見たのではないかと質問したが、特に得られる情報はなかった。

マリッサの警戒するような視線を感じ取り、失敗したと内心後悔する。顔も認知されているし、今後の接触は厳しくなるだろう。

「お姉さん、またね！　バイバーイ」

ラナからミリアナたちが見えなくなると、不機嫌な顔をしたカルがラナの前に立った。

「ラナさん。対象者にあんな接触するなんて、何してるんですか？　俺はちゃんと止めたんで、報告書にはそう書きます」

「分かってるわよ」

「そんなに落ち込まなくても大丈夫じゃないですか？　どうせ、監視も今回で終わりですよ」

それぞれの家族

今日は朝からお手伝い。猫亭の食堂は相変わらず商人のお客さんで賑わっている。

「嬢ちゃん、久しぶりだね。元気にしてたかい？」

「ルイジさん！　お久しぶりです。最近、全くお見かけしなかったので心配してました」

以前、レシピ登録を勧めてくれた常連のルイジさんが来店した。微笑みながら小さな声で「最近、変な犬がウロついていたからね」と言ったような気がして聞き返したが、なんでもないと頭を撫でられる。

「仕事で遠出をしていたから、猫亭の食事が楽しみだ。ジョーや嬢ちゃんが元気そうで安心したよ。女将さんはどうだ？　雪が凄かったから女将さんには寒かったんじゃないかい？」

「お母さんですか？　お母さんも元気ですよ。家の中はそんなに寒くなかったです」

「そうかい、そうかい。また数日お世話になるからよろしくな」

「はい。もちろんです。朝食持ってきますね」

トレーを準備しながら、さっきの違和感を思い返す。ルイジさんは、ジョーとは良く会話しているけれど、マリッサとそんなに仲良かったっけ？　ただの気遣いで言ったのかな？

ルイジさんの朝食を運び、他のお客さんの食事も次々と運ぶ。今年は去年の同じ月よりお客さんが増えたように思う。幸先良いね。

「ミリー、皿の片付けと昼の準備も頼む。ハムのミルクパスタと、鶏南蛮だ」

「どっちも美味しそう！」

「今日は昼が終わったら家族会議だ」

「うん！　分かった！」

その後、ランチも無事に終わった。ケイトと一緒にミルクパスタを食べる。今日のランチは鶏南蛮が飛ぶように売れた。ミルクパスタも美味しいんだけれどね。

「ケイトちゃん、今日食べるの速いね」

「そ、そうかな？」

ケイトがミルクパスタをバキュームするがごとく吸う。食事の速い私ですら半分も食べていないうちに、ケイトは食事を終了して急いで部屋へと上がって行った。

お昼を食べ、四階へと上がる途中にマルクに声を掛けられる。

「ミリーちゃん、今日はお話し合いだよね？　僕ひとりだからニナちゃんの家にいくね」

「あれ？　ケイトは？」

「ケイト姉ちゃんは、急いで友達に会いに行ったよ。夕方の仕事前には帰るって言ってたよ」

用事があったからあんなに急いでいたのかな？

仕事を終えたジョーも戻り家族が揃ったので、四人でテーブルを囲む。

ジョーがお茶を注ぎ、三人でお茶を啜るが誰も会話を始めない。既視感あるな、これ。そんな静まりかえった席でジークが大声で叫んだ。

「ぱんぱー！」

ブッと飲んでいたお茶を吹き出す。ジョーは……固まっている。

今回も最初の呼び方でパンを食らったジョー、悔しさからパパを連呼する。

「ジーク、パパだよ。パパ」

「ぱんぱー」

「くっ。ジーク……」

「ジョー、いつまで拗ねているの。今はミリーの商会についての話をするのでしょう？」

マリッサに家族会議の目的を指摘され、立ち直ったジョーが今までの経緯と、今後店を持つ可能性の話をする。

「費用の相談は今度商業ギルドに行った時にする予定だ。ただ、その前にマリッサの意見も聞いておきたいと思ってな」

「そうなのね。お店には賛成よ。ミリーのレシピなら間違いなく成功すると思う。ただ、ジョーと同じで、成長するまで表で目立つ活動をするのには反対よ」

「ありがとう、お母さん」

「商業ギルドに任せすぎるのもダメよ。お祖父さまも商人なのだから見切りは早いわよ。自分のお店を持つのなら重要な判断はきちんと自分でやりなさい」

マリッサは大きな商会の一族出身だ。商会同士の争いや商売の厳しさをよく知っているからこその助言だろう。六歳にする助言かどうかは別として……二人が商会やお店を持つ事に対して許してくれる大前提には、爺さんの存在があるから、というのは否めない。

「ちゃんと責任は持つよ。やるからには成功したいしね」

「店をやるなら猫亭には今までのように出なくていいぞ」

「うーん。大丈夫？　他のみんなの負担がかなり増えるけど」

以前より忙しくなった猫亭で、一人抜けるのはきついと思う。私はまだ見習い前のお手伝いだけれど、それでも朝食から昼食のシフトを週に数回担当している。私がいなくなれば、その重荷はケイトやマルクに向かう。

「それなんだがな、従業員を増やす事を考えている。ケイトの負担を減らすためにも夜間も働ける従業員を探す予定だ」

「確かに、ケイトもネイトも最近休みを取っていないよね」

これでは満腹亭と同じだ。ジョーが早く次の従業員を確保できればいいが、とりあえず私は誰かを雇うまでは今まで通り店に出る予定だと伝える。

次に費用の話に移る。

前回聞いたペーパーダミー商会の残高は金貨二十枚ほどだった。大体いくらほど予算としてみればいいのかとジョーに尋ねると残高は金貨三十枚だと言われる。

「え？　いつの間にそんなに？　本当に？」

「ああ。今月の初めにギルドに税金の書類を提出した時に確認したから間違いない」

四か月前くらいは金貨二十枚だったはずだけど……もうお店を開業せずともレシピだけでそのまま ひっそりと老後まで暮らせるんじゃない？

「増えたね……それならお店への初期投資は上限十五枚くらいで見積もったほうがいいのかな？」

失敗して借金しても困るし、残高半分ほどが妥当かなと思い二人に相談する。

「そんなにかからねぇと思うがな。借金したとしても、俺たちも蓄えはあるから安心しろ」

「ううん。お父さんたちに迷惑はかけたくない」

ジークだっているんだ。私の商売でこれ以上は迷惑をかけられない。

「ミリー、あなたは私たちの娘よ。迷惑をかけるのがあなたの仕事よ」

「お母さん……ありがとう」

ニコっと笑ったマリッサが続けて、開業時の猫亭の購入費用と改装費用が合わせて金貨十五枚だったと教えてくれる。以前見た猫亭の販売契約書では金貨十一枚で購入したと書いてあった。猫亭は以前も宿屋だったので、改装費用は通常より抑えた上で金貨四枚かかったのか。

「お父さん、お母さん、ありがとう。ひとまず今は金貨十五枚で考えるね」

初期投資の予算も決まった。家族会議もこれで終わりかなと思っていたら、二人が最後に一言ずつ応援をしてくれた。

「俺たちはできるだけ口を出さないようにする。本当は口を出したいんだがな……」

「ジョーと話し合ってね、ミリーの好きにさせましょうって事にしたのよ。あなたはまだ六歳だけど、私たちはあなたの商才を確信してるのよ。この年齢で金貨三十枚も儲けた小さな凄腕商人だからきっと大丈夫よ。でも、危ない時は口を出すわよ」

「二人ともありがとう」

信頼されるのは嬉しい。でも六歳児に向ける信頼ではないと思うけれどね……まぁ、中身は大人だけど。それにしても、店か。まさか生まれ変わった先で商会と店持ちの六歳児になるとは夢にも思わなかったよ。

「ぱんぱー」

ジークが家族会議に飽きたのか、ジョーに手を伸ばしながら叫ぶ。

「ジーク……俺は、ぱんぱーを受け入れるぞ。こいつめ。こちょこちょの刑だ！」

家族会議は無事に終了した。店の開業についてはギルドで再度話を煮詰めてから決めるけど、二人と話せて良かった。

浮ついた気持ちで二階の窓の掃除をしていると窓からケイトが見えた。手を振ろうとして止まる。

——え？

驚きながら二度見する。何故なら、裏道で手を繋ぎながらイチャイチャするケイトとトムの姿が見えたのだ。

（ははーん）

ケイトはこのために急いでランチを食べてたのか。マイクの兄のトムは体格のせいで年上に見えるが、ケイトと同い年の十歳だ。

「春だね〜。春」

口笛を吹きながら窓の掃除を再開する。

◆

「ミリーちゃん、なんで今日はずっとニヤついてるの？」

ケイトとトムの手つなぎデートを目撃した次の日、ランチの配膳中に何度も視線を向けていると、ケイトが隣に座り尋ねてくる。

「そ、そんな事ないよ。今日の昼食はコロッケだよ！　こっそりソースも持ってきたから食べよう」

「ソースいいの？　旦那さんに怒られない？」

このソースは賞味期限が間近の物なので心配はない。不本意に何度もニヤつきが抑えられなかったお詫びだ。

「うんうん。食べて食べて」

「またニヤついてるよ。ミリーちゃん……もしかして何か見たの？」

さすがに私の態度で何か気づいたらしいケイトに問いただされる。

「え？　う、ううん。ナンニモミテナイヨ」

「……ミリーちゃん。嘘つくの下手だよ」

観念して、昨日の手つなぎデートを目撃した事を白状する。

ケイトは照れながらも嬉しそうだ。他の人には言わないように約束させられる。

「誰にも言わないよ！」

付き合い始めたのは最近らしい。いいね、いいね。詳細を聞こうとケイトに詰め寄る。

「もう、近いよ。あのね、糸電話って知ってる？　最近ね、みんながそれで遊んでいるんだけど……それをトムが見せてくれた時に糸電話でこっそり『好きだよ』って言ってくれたの」

――トム、十歳だったよね？　糸電話で愛の囁き（ささや）なんて早熟だな。なんて、イケメンなんだ。マイクもあと数年でそんな芸当ができるようになるのだろうか？

数年後も棒を振り回しながら遊んでいるマイクしか思い浮かばない。

（無理だな）

「それで、ケイトはなんて言ったの？」

「恥ずかしいから、もうこの話はお終い」

ケイトはとても優しくて可愛らしい。私も男だったら好きになっていただろうな。近所の他の男の子たちの中にもケイトに好意がありそうな子はいた。トムは早めに手を打ったのだろう。やるな、トム。初めて猫亭に来た時は痩せてガリガリだったケイトが今では肌も髪も艶々（つやつや）として、モグモグとコロッケを食べる姿をみながら嬉しくなった。

それにしても糸電話はあっという間に広がったね。この国には電気がないから前世のように電話に進化する事はすぐには考えにくい。もしかしたら、庶民が知らないだけで魔道具の中にも電話に近い物があるのかもしれないが。

午後はマリッサの手伝いをする。

「今日はね、部屋がほぼ埋まっているのよ。チェックアウトは三件で、夕方からまた新しいお客さんの予約が入っているから、お掃除をお願いするわね」

「分かった！　掃除に行ってくるね！」

最近、本当にお客さんが増えた。もうマリッサとネイトだけでは回す事が不可能になってきているると思う。ジョーが新しい従業員を探すって言っていたから早いところ見つかるといいけれど……。

三部屋とも掃除を済ませネイトに洗濯物を持っていく。

「ネイト！　お疲れ。洗濯物を持ってきたよ。ここにおけばいい？」

「ありがとう。そこで大丈夫だよ」

ネイトはシーツを一枚一枚洗濯板で洗っている。頑固な汚れにはクリーンを掛けているみたいだけど、ネイトの仕事の大半はこの洗濯だ。洗濯時間の短縮が可能ならば……手動の洗濯機だったら作れるかな？

お手伝いが終わり、部屋で洗濯機の絵を描く。うーん。シーツ、最低でも二枚は洗える奴がいいよね。

一つ目の案は大きな箱の中に丸い洗濯槽を置き横に手回しのハンドルをつけた洗濯機。

二つ目は、以前屋根裏部屋から発見した酒樽の中に洗濯槽を入れて上部分に手回しハンドルを付けた洗濯機だ。

酒樽はある。問題は洗濯槽と手回しハンドル、それから中のパルセーターか。紙になんとなく覚えていたパルセーターを描く。多分こんな感じだったよね。

今日はたくさん働いたので、洗濯機のお絵かきをしながらそのまま寝てしまっていたところを帰ってきたジョーに起こされる。

「ミリー、これはなんだ？」

「お父さん、洗濯機だよ。最近お客さんが多くてネイトだけじゃ洗濯物が間に合ってないでしょ？これでグルグル回してお洗濯するの」

「随分細かく描いてるな。確かこれに似た物を親父が作ってたな」

「そうなの⁉」

ジョーの父親は魔道具男爵と呼ばれる有名人だ。洗濯機の魔道具があるならそれを購入しようよとジョーに提案するが、その価格を聞いて床へと撃ち落とされる。

「金貨十枚だぞ」

トイレの倍もする……洗濯機は魔石を多く使用しているため、トイレよりも高額な値段設定なのだそうだ。

「……やっぱり頑張って手動の洗濯機を作る」

ジョーが散らばった洗濯機のイラストをかき集める。床で落ち込んでいる私を抱き上げ、木工師に相談だけでもしてみたらと言われる。

「これは、結構金かかりそうだな……」

「金貨十枚はしないよ。多分」

現在猫の財布の残金である小金貨二枚と銀貨五枚をジョーに見せる。

「……あんまり人には見せるなよ」

「分かった。気をつけるね」

次の日、木工師に洗濯槽の説明をするが、以前のオーボールと同じで網状に穴を開けるのは無理だと断られる。諦めずに穴を無数に開ける事なら可能かと尋ねると奥から親方のロベルトさんが現れて代わりに答える。

「また奇妙な物の注文だな。それなら可能だが、穴をたくさん開けて何すんだ？」

「水に浸けて回します」

「なんのためにだ？」

「お洗濯です」

絵の洗濯機を見せると、図面と私を交互に見ながら、ロベルトさんがため息をつく。

「分かった。穴を開けるのはうちでやれるが、このぱるせーたーって奴とそれを回す物は鍛冶屋だな。細かい部分の耐久性が木材では不安だ。あと、水に浸けるのなら耐水の塗料で仕上げないとすぐ腐るぞ」

「本当ですか！　ありがとうございます」

オーボールが作れなかったように木工師のできる事には上限があるようだ。耐水塗装は割増しだが銅貨五枚でやってくれるそうだ。耐水の事は考えてもいなかった。

「この別の絵にある水を絞る奴もここで作るなら銅貨九枚にまけといてやる。だが、この樽はダメだ。強度が弱くなっているところが多すぎる。水漏れすんぞ」

猫亭の屋根裏部屋に連れていき、この前発掘した樽が使えるかと見せてみたが却下される。

結局、洗濯機の本体と洗濯槽の両方を木工師に作ってもらう事になった。

ロベルトに気づいたジョーが挨拶(あいさつ)に来る。

「ジョー、娘が作りたい物を注文しに来るとは聞いていたが、こんな本格的なやつだとは聞いてねぇぞ」

「無理そうか？」

どうやら、昨晩猫亭にロベルトさんが飲みに来た時に、ジョーが軽く説明してくれていたようだ。

「無理じゃねぇが、鍛冶屋の協力がいるな。うちで作れんのは樽と槽だけだ。この大きさの樽だったら、一個銅貨三枚だな。水絞り用と二個作っておくのでいいか？」

「はい。樽の下部分に水の出口って作れますか？　水を箱から出す時用に」

「ああ。できるぞ。数日後にはできてるだろうから知らせる。金はそん時でいい」

ロベルトさんに礼を言いジョーと猫亭から見送ると、次は鍛冶屋に向かった。

鍛冶屋のジェイさんは冒険者を接客中のようなのでその間にお店を見学する。剣に盾、えーと……これはなんて名前だっけ？　フェンシングの剣みたいなやつ。

「それはレイピアだ。嬢ちゃんにはまだ早い」

「ジェイさん、こんにちは。もう、お客さんは大丈夫ですか？」

「今、帰った。で、なんの用だ？」

ジェイさん、話が早い。持っていた洗濯機のお絵かき図面を見せる。

「図面か？　なんだ、これは？」

「洗濯機です。ジェイさんには、このパルセーターと手回し部分をお願いしたいんです」

ジェイさんは桶(おけ)や素材の詳細を聞き、少し悩むように親指で下唇をなぞる。

「いいだろう。樽と槽が仕上がったら持って来い。見る限り金がかかるぞ。小金貨一枚前後は覚悟しておけ。先にジョーと相談するか？」

「……大丈夫です。二個お願いする事になると思います」

「……そうか」

鍛冶屋からスキップしながら帰る。洗濯機が完成したらネイトも楽になるし、マリッサの負担も減りそうだね。うまく行くといいな。

楽しくスキップしていたのも束の間、人通りの少ない裏道から男性の怒鳴り声が聞こえた。

「おい！　ケイト！　無視すんな、この野郎が！」

怒鳴り声のする裏道を覗くと知らない千鳥足の中年男がケイトを怒鳴りつけていた。

「おい！　ケイト！　聞いてんのか？」

「やめて！　離して」

誰？　ううん。あれが誰か知らないけど、ケイトの腕を掴んで引きずろうとするなんて変態確定だよね。急いでケイトの元に駆け寄る。

「ケイトお姉ちゃん！」

「なんだぁこのガキは。邪魔すんな」

中年の男が私を掴もうとするので反撃しようとしたら、ケイトが前に立ち男の手を払った。

「お父さん、やめて！　この子はお世話になってる店の娘さんだよ」

（お父さん？　これが？）

スミスきょうだいは清潔感があって真面目な印象しかなかったので、このどう見ても酔っ払いのクズが彼らの父親だなんて信じたくない。人を見かけで判断するなとか言うが……これは見かけで判断されても文句が言えないような人間だ。

呂律（ろれつ）の回らない口調で男がケイトにまくし立てる。どうやら金の無心に来たようだ。あまりにも酒臭いのでケイトと数歩後ろに下がり距離を取る。

「子供が親の――ヒクッ、面倒見るのは当たり前だろ？」

「あなたを親だとは思ってない。もう帰って！」

「なんだと！　ヒッ、下手にでてりゃ生意気な！」

ケイトの腕を掴もうと男がフラつきながら向かってきたので、急いで土魔法で足を引っ掛け男を転倒させる。積んであった板に派手にぶつかって転んだと思ったらそのまま動かなくなった。

（え？　死んでないよね？）

近くに散らばった板で突くとイビキが聞こえた。寝ているだけのようだ。呆然と立ち尽くすケイトに衛兵を呼ぶべきかと尋ねるが、どうやらショックで固まっているようだ。

ケイトの服を引っ張りながら声を掛ける。

「お父さんを呼びに行こう」

「え？　う、うん」

猫亭まで走り、夕食の準備をしていたジョーに事情を説明して、急いでスミスきょうだいの父親が倒れている現場まで向かう。未だに気絶して転がっていたスミスきょうだいの父親は近所の人に囲まれていた。中心にいたジゼルさんがこちらに気づき手を振る。

「ジョー！　今、衛兵を呼びに行ったよ」

どうやら、男の怒鳴り声と板の上に盛大に転んだ音が近所中に響いたらしい。

「こいつはどうやらケイトたちの父親らしい」

ジョーが未だにイビキをかきながら意識を失っている男を睨(にら)みながら言う。

「そうなのかい？　なんで今更こっちに来たんだい？」

ジゼルさんはこの地域の代表なので、ケイトたちの事情はある程度知っている。トムとケイトが付き合っている事まで知っているかは分からないけど。

「お金を寄越せって……」

ケイトが絞り出すように言うと、ジゼルさんが情けない親だと罵った。

「ケイト、こんなのに払う金はないよ。ミリーちゃんも現場にいたのかい？　怪我はない？」

「うん。その人、勝手に倒れたから……」

少しして衛兵が到着、ジゼルさんが事情を説明している間にスミスきょうだいの父親は別の衛兵に連行された。

「旦那さん！　親父が来たって聞きました。ケイトは？」

急いで走って来たのか、息切れを起こしながらネイトがケイトを捜す。

「心配するな。ケイトはここにいる。無事だ。親父さんは衛兵に連れて行かれたがな」

ケイトがネイトの胸に泣きながら飛び込む。

「お兄ちゃん。あの人、お金よこせって……」

ネイトは眉を顰めケイトを抱きしめる。

「みなさんにもお世話をかけました。すみませんでした」

ネイトが近所の人に頭を下げると、ジゼルさんが代表してネイトを止める。

「ネイト、あんたが謝る事じゃないよ」

ケイトとマルクはネイトの庇護下にいるのだ。父親とはすでに絶縁してスミスたちきょうだいは新しい道を歩んでいる。あの元父親は今まで接触がなかったのになんで急に来たの？

◆

スミスきょうだいの父の事があってから数日後、今日は洗濯槽が完成したと連絡があったので、早速、引き取りに行く。

「こんにちは」

「お嬢ちゃんか。注文の品、できてるぞ。一人で来たのか？」

洗濯槽が二つにそれが入る大きさの樽が二つ出てくる。注文通りの品だったが、運ばなくてはいけない事を忘れていた。ロベルトさんが苦笑いしながら鍛冶屋まで運んでくれると申し出てくれたので礼を言い、四点分の品代、銀貨一枚と銅貨五枚を払う。

荷車に載せられた洗濯槽から有孔ボードを連想する。前世の学校の音楽室が懐かしい。

鍛冶屋に着くと店先にいたジェイさんが裏へと案内してくれた。

「久しぶりだな、ジェイ。そっちもお嬢ちゃんの奇妙な工作に付き合わされてるみたいだな」

「今回のやつは面白そうだからな。ロベルトも完成したら見に来い」

ロベルトさんは楽しみにしておくと言い残し鍛冶屋を出た。

洗濯槽と樽の寸法を測りながらジェイさんに質問攻めされる。

「この樽の中で木の槽が回ればいいのか？　図面を見るに洗濯槽の底にパルセーターを設置した渦巻き式にしたいようだが、この槽は大きい。洗濯槽全体を回すのは相当な力がいるぞ？　それなら底の中心から伸びる棒型の羽付きのパルセーターを入れ、それを上から回したほうが実用的だろ」

かくはん式の洗濯機か。

うーん。確かにジェイさんの指摘通り、そのほうがちゃんと回せるだろうけど……

「洗濯物が絡まったりしませんか？」

「渦巻きのほうが絡まるだろ。入る容量は減るが羽を工夫してゆっくり回転させる方式にすればそこまで絡まったりしない。大型ならこっちがいい」

問題は水を使う量が増える事だが、使ってみないとなんとも言えないとジェイさんが自分の世界に入りながら呟いている。私の存在をやや忘れている様子だ。

しばらく作業するジェイさんを眺め、声を掛ける。

「あの、それでは大丈夫そうですか？」

私の声にジェイさんが振り向き、存在を思い出したかのように説明を続ける。

「この脱水用の樽と槽はこの大きさじゃ厳しいだろうな。小型をロベルトに注文しておく。先にこの大きい物を試作品や研究に使いたいから、今あるこの樽は俺が買い取る。ただ、使用する素材が多い。小金貨二枚はするぞ」

ああ。何か凄くたくさんの情報が飛び交ったけど、要するに脱水機は小型に改良しないといけないって事だよね？

どうやらジェイさんの職人魂に火を点けたようで、ロベルトさんからの小型の脱水機用の樽が届くのが待てないほど、ジェイさんは早く洗濯機の試作品に取り掛かりたいようだ。あとは彼に任せれば大丈夫なはずだ。

「大丈夫です。お金はあります」

ジェイさんが私をジッと見て再びため息をつく。

「金を持ってくる時はジョーと来い。試作品が完成したら連絡する」

料金は試作品の完成後でいいと言われたので、鍛冶屋を出て猫亭に帰る。食堂では丁度ランチ営業が終わってみんながお昼を食べていた。

「ミリー、遅かったな。ミートボールパスタとオークカツサンドできてんぞ」

「わーい」

昼食を食べジョーと皿を片付けながら洗濯機の進行の話をする。

「ジェイさんがお金はお父さんと持って来いって」

「そうだな。小金貨二枚なんて普通は子供に持たせる額じゃあねぇな」

それから十日もしないうちに、ジェイさんから洗濯機の試作品が完成したと連絡があった。思ったより早い……いや、早すぎるよね？

不安を抱きながらもジョーと一緒に鍛冶屋に向かうと、ジェイさん以外の弟子や見習いが疲れた顔でゾンビのように工場の中を歩いていた。ああ、昼夜問わず作業したから早かったのかと悟る。

「ジェイ、久しぶりだな」

「ジョーか。そうだな。ヘンテコな調理器具以来だな」

「あれは、ヘンテコな調理器具じゃねぇぞ。卵を焼くための重要な調理器具だ」

ジョーが卵焼き器を依頼した時の話か。一つの物を調理するためだけの四角のフライパンもだが、時々依頼している変わった調理器具は、多分ジェイさんの中で全てヘンテコ調理器具とひとくくりされてそう。

「嬢ちゃんの洗濯機、あれは凄いぞ」

試作品の洗濯機と脱水機がある裏に案内される。ジェイさんの洗濯機の試作品は想像よりもうまく仕上がっていた。もちろん地球の技術と比べると劣るが、今のこの国の技術でここまでの完成品を仕上げられるジェイさんは凄い。

「素晴らしいです！　私の描いた絵よりも完成度が高いです」

「使ってみるか？」

「はい！」

洗濯機に洗濯物を入れ、水を加える。

(確かに結構な水量がいる)

洗剤として灰汁を加えて蓋(ふた)をはめ、ジェイさんが手回しをゆっくりと動かす。

「早く回しても同じだ。回し始めは少し力はいるがそこまで重労働ではないな。ジョーもやってみるか？」

ジョーもゆっくりと洗濯機を回す。

「おお、これ、結構簡単に回るな」

「洗濯物を詰めすぎると壊れる原因になる。シーツは二枚まで、脱水機はシーツ一枚までだ。脱水機は速く回して、回転の力で脱水する。揺れるから土台にはしっかり打ち付けろ」

遠心力か。脱水機は小型の樽で洗濯機同様、上にハンドルがついていた。私の力では洗濯機を回すのは厳しかったが脱水機は問題なく回せた。これだったら、ネイトなら余裕だね。

「今までの半分の時間……いや、三分の一の時間で洗濯が終わるんじゃねぇか？」

「ジョー、これは画期的な物だ。調べたら魔道具にも似た奴があったが、これは完全手動だ」

「ああ、見た事はあるがあれとは別物だ」

ジョーに聞いた洗濯機の魔道具は確かに凄いが、魔石の消耗が激しい高価な物だという事だった。

「相談なんだがな。お前と、ロベルトと俺ん所の共同でこれを商品登録しないか？」

「いや、俺は別に何もして――ん？　ミリー、服を引っ張るなって」

ジョーにやろうぜと上げた親指を向けると苦笑いされた。

こうして、猫亭、鍛冶屋、木工師の共同開発で洗濯機と脱水機は商業ギルドに申請された。

洗濯機の魔道具を取り扱っている商会が異議を申し立てたが、私たちの洗濯機は魔道具ではないとの理由で相手側の異議は却下された。

魔道具の洗濯機は元々貴族や豪商にしか売ってなかったようだが、こちらのターゲットは庶民。それに、魔道具はハンドル回しの労働もなく、洗濯できる量が多いそうだ。直接的にぶつかる事はしばらくないだろう。

洗濯機は金貨一枚、脱水機は銀貨八枚で売り出される予定だ。裕福でない平民には金貨一枚であってもとても高価で、広まるには時間がかかるだろうと思う。

猫亭にも庭に無事洗濯機と脱水機が設置された。

「ネイト！　洗濯機の使い心地はどうかな？」

「ミリーちゃん！　とても助かっているよ。今まで丸一日洗濯で潰れる日があったけど、これは半分の時間で終わるよ。旦那さんには本当に感謝してるよ」

「えへへ。気に入ってもらえてよかったよ」

◆

洗濯機を取り付けた次の日、スミスきょうだいの継母と名乗る女性が、それぞれ鼠と狐っぽい顔をした男を二人引き連れ猫亭に現れた。マルクとケイトは面会を拒絶。ジョーとネイトが対応している。

三人の継母……いや、絶縁しているから元継母か。いまさらなんの用だろうか。

元継母は二十代後半くらいだろうか？　茶色のくせの強い髪に、出るところが出ているボディ。妙に胸元を強調している女性だった。

元継母は口を開くなり旦那が怪我をしたから慰謝料を払えと言う。

(夫婦揃ってたかりって、酷いね)

ジョーが呆れたようにため息をつき、元継母の言葉を突っぱねる。

「何を言っているんだ。衛兵からあの日の状況は聞いてんだろ？」

「ここの従業員と揉めてうちの人が怪我したって聞いたんだけど」

フンと視線を逸らし、小金貨一枚で手を打つと言い張る元継母にネイトが声をあげる。

「親父が自業自得で怪我したんだろ！　言いがかりはやめてくれ！」

「相変わらず可愛くない子ね。ネイト、あんたは親不孝者だよ。それより旦那はいい男だね。男盛りなら女も欲しいでしょ？　どうだい？」

元継母が腰に手をあて胸を張りながら流し目を送るが、毅然とした態度でジョーが立ち上がり三人を出口へと促す。

「言いたい事はそれだけか？　なら、さっさと帰ってくれ」

ほんの一瞬だがジョーが元継母の横を通った時に、元継母がニヤッと笑うのが見えた。

「あーー！　お父さん！」

急に大声を出した私に全員の視線が集中したので続けてジョーにダッシュで駆け寄り手を上げる。

「お父さん、抱っこして！」

「は？　今か？」

「うん。今。今すぐ。今」

ジョーは困惑しながらも仕方ないなと私を抱っこしたので、こっそりと小声で耳打ちをする。

「お父さん、気をつけて。今ね、あの女の人が何かしようとしたよ」

ジョーが頷き、再び三人に猫亭から出て行くように強く言う。

元継母の表情を確かめると、顔を歪ませ舌打ちをしていた。分かりやすい人だな。一体何をしようとしたのやら……

「早く出て行ってくれ。あんたも親父も、もうここには来ないでくれ」

そう言われ、元継母は怒りを露わにネイトに掴み掛かりそうになった。それを狐顔の男が不気味な笑顔で止める。

「奥さん、今日はもう帰りましょう」

「え？　ええ」

三人が無事に猫亭を去ったのはいいが、なんとなくあの男たちは気持ち悪かった。

「旦那さん。すみませんでした」

「前も言ったが、ネイトのせいじゃないだろ。しかし、なんだあの男たちは？　気味が悪いな」

「初めて見る二人でしたが、多分、借金取りじゃないかと……」

「今度見かけたら一人で対処するなよ。何をするか分からん」

「はい」

元継母の去り際の悔しそうな顔や連れの二人の男の気味の悪さなど、何かまた一波乱がありそうだとジョーは構えていたが、意外にもジョーの心配は杞憂に終わった。

それからスミスきょうだいの父親も元継母も見かける事はなかった。

◆

猫亭から戻り、とある建物に入る元継母と鼠と狐顔の男たち。

部屋に入るなり机を蹴ったのは鼠顔の男だった。

「奥さんよぉ。教えた通りの事くらいやれよ。てめぇが唯一使えるのがその身体だろうが」

「そ、そんな事言われても、子供が急に――」

元継母が腹を殴られ苦しみながら床へとひれ伏す。

「商品を殴るのはやめないか。旬は過ぎているがまだ使える。傷物にするな」

狐顔の男がヤレヤレと、苦しむ元継母の片腕を持ち上げ椅子に座らせる。

「す、すみませんでした、副会頭。イラついてしまい……」

鼠顔の男が床に頭のつきそうなほどに腰を折り謝罪するのを無視して、狐顔の男が元継母の髪を引っ張りあげ、自分たちの借金の代わりにネイトたちを売り渡そうと、全員が庇護下の「未成年」だと嘘を付いた事を責める。

「こちらはそれでお前たちの返済期限を延ばしたのに……本当、困った人だ」

「ち、違う。そうよ。マルクはまだ契約してないはずよ。あの子を引き取ればいいのよ」

元継母がマルクを自分の代わりに借金のカタにするよう嘆願する。

鼠顔の男が、狐顔の男の表情をうかがいながら尋ねる。

「あの宿を揺さぶりますか？」

途端、鼠顔の男が殴られ後ろの扉にぶつかる。

「お前はバカか。あんな立派な宿の若亭主なんぞ貴族か裕福な商人の子息だろ。お前のせこい罠に引っかかったならともかく、借用証がある訳でもないのに衛兵を呼ばれるだけだ。下手したら騎士や親族が出てくる。こいつらの借金の額に相当するリスクだと思うか？」

頬をさすりながら鼠顔の男が納得いかない顔をする。

「平民にしか見えなかったです。それに、うちは貴族の借金取りもやってるじゃないですか？」

「債務者本人でもない奴を無闇に突く必要はないと言っている。これでも、うちは表向きは健全な商会で通っている。それを乱すな。それに、あの娘も妙に勘が働くみたいだしな」

狐顔の男はミリアナの見せた大人のような表情を思い出し、眉を顰めた。

「じゃあ、今回はこの女だけですか？　あの男はどうします？」

「酔っ払いなど使いものにならない。始末しろ」

「へ、へい」


数日後、とある遺体が南区の貧民街で発見された。持ち物も無く身元が分からない事から捜査もされず遺体は無名の墓に葬られた。

商業ギルドでのイベントが多い日

三の月も終わりに近づき何度か遠出のトレーニングをしたジークは、短時間なら商業ギルドに行っても問題ないとマリッサが判断した。猫亭は丸一日休日とし、一緒に同行して爺さんに挨拶(あいさつ)と菓子のレシピの披露をしに行く事になった。

「ミリー、お祖父さまへのプレゼントは仕上げたの？」

「両方ともちゃんとできたよ」

初めての家族四人での商業ギルド訪問。ギルドを訪れるのは久しぶり。

爺さんの執務室に案内されるが、特に何も変わっていな……いや、変な猪の置物が増えたな。何あれ？　ギラギラしていて部屋に全然合わないので爺さんの趣味ではないと思う。

ジッと猪の置物を見つめていると、爺さんが目の前に現れて視線を妨害した。

「うむ……ジークも連れて来たか。顔を見せてみろ。ふむ、マリッサに良く似ておるが頭の毛はジョーの父親にそっくりだな」

爺さん、クールぶってもダメだよ。後ろで尻尾振ってんの見えてるから。

ジークが良く見えるようにマリッサが膝の上に座らせる。

「ジーク、ひぃお祖父さまですよ」

「ボー」

くくく。ジークも爺さんの事は菓子をくれそうな人だと認定したようだ。ボーロを与える前にジークに涎掛けをつける。

「な、なんだ、これは⁉」

ジークの涎掛けには『じぃじ。だぁーいすき』と端切れと刺繍で書いた文字があった。

爺さんの顔がトロンとだらしなくなったのを見て成功を喜ぶ。くくく。やっぱりどんなプレゼントよりもこれが正解だね。

「この涎掛けと手拭いは、ミリーが一緒にお祖父さまの誕生日用に縫って、刺繍を施したのですよ。それからこの絵を描いたのもミリーです」

マリッサと一緒に刺繍した手拭いと一緒に描いた絵を爺さんに渡す。

絵はジークが頑張って歩いた、躍動感あふれる瞬間を描いた。爺さんが見逃したやつだ。

「これはまた繊細な絵だな。今にも動き出しそうだ。マリッサは相変わらず裁縫が得意のようだな。有難く使わせてもらう。お主の刺繍の腕は……まあ、黒い山とは面白いな」

爺さんが手拭いに刺繍された私作の「猫」を見ながら言う。

「『ひぃお祖父ちゃん』ジークを抱っこしてあげるといいですよ」

「い、いや、私は、その」

焦る爺さんの返事を聞かずに、ジークを膝の上にポイっと置く。ジークもはじめはポカンとしていたが爺さんのシャツのボタンで遊び始めた。

爺さんはどう接していいのか分からずあたふたする。

「あ、いや、ほれ、それは玩具ではないぞ。お主……わざとやりおったな」

「心外な。ジークを抱っこしてほしいと思っただけですよ」

「ニヤニヤしおって」

ジークが爺さんを指差し何度も「ボー」を連呼したので、ボーロの袋を取り出す。

「ジークのおやつのボーロです。あげてみますか？」

爺さんがそのままボーロの袋に手を入れようとしたのでジト目で見上げる。

「何故そんな顔で見る？　あぁ、クリーンか。分かっておる。クリーン」

「ボー、ボー」

ジークが興奮して爺さんの膝の上でお尻踊りを始める。

「おぅお、そんなにこれが食べたいか？　ほれ、口を開けなさい」

ジークの食べる姿をとろけそうな顔で見つめる爺さんを、マリッサとジョーが嬉しそうに眺めていた。それからジークに歩く姿と上目遣いを披露された爺さんは、萌え死にしそうになった。

マリッサとジークが帰る時間になると爺さんはとても名残惜しそうにしていた。

「お祖父さま、それでは失礼しますね」

「マリッサもジークも元気でな。いつでも遊びに来てよいぞ。じぃじは待っているからの」

マリッサがバイバイを促すと、ジークは手を振りながら爺さんに挨拶（あいさつ）した。

「バイバイ」

くぅぅと爺さんから悶絶寸前の音がする。

マリッサが執務室から退室、爺さんが咳払いしながら私とジョーの前に座る。

「今日はジークを連れて来てくれて感謝する」

「エンリケさん、ジークもひぃお祖父さんに会えて喜んでいたと思います」

「して、今日の議題は菓子のレシピについてであったな」

ちょうど見計らったようにミカエルさんが配達の到着を知らせる。

そうなのだ。昨日から今日にかけて作った全てのレシピの菓子。その量があまりに多いので、配送業者を通して商業ギルドに運ぶ手配をしていた。

ミカエルさんが運ばれた菓子を執務室のテーブルにずらりと並べる。

運ばれた菓子は配送業者の荷台に取り付けられた氷室のおかげで、クリームもだれず、綺麗な状態がキープされていた。割高な配達代だが、以前も祭りの際に利用した信用できる業者だ。

「おい。なんだ、この量は！」

どうやら爺さんは届いた量までは把握していなかったようだ。

「私もこの量に大変驚きました。それにマカロンの色も増えております。この絵の付いたクッキーも可愛過ぎます！」

また、ミカエルさんが近い。一気にいろいろ質問される。

「ミ、ミカエルさん、一つずつ説明しますので！」

目の前に爺さんとミカエルさんの二人が並んで座る。ジョーはすで何度も味見をしているので今回は盛り付けを担当する。

「それでは、まずは持ってきたお菓子について簡単な説明をしますね。詳しいレシピは登録時にお父さんが説明します」

今日持ってきたお菓子はこちら。

ミルクレープ、ベイクドチーズケーキ、レーズンバターサンド、バクラヴァ、カップケーキ六色、プレーン、紅茶、レモンのパウンドケーキ、アイシングクッキー六種類、ナッツバタークッキー、オーツクッキー、最後にオレンジ、レモン、ピスタチオ、キャラメルの四種類のマカロン。

冷蔵を必要としない物を多めに作った。でも、それでも店には冷蔵できる陳列用の棚が必須になる、そう、ショーケースのような……

最初にミルクレープを紹介する。

「こちらは比較的簡単なレシピです。切るとクリームと生地の層が見えるので断面の見栄えがいいと思います。ただ、要冷蔵なのが注意ですね」

受け取ったミルクレープを二人が口に入れ互いに顔を見合わせた。爺さんが苦言を呈する。

「クリームと砂糖をこんなに使って採算は合うのか？」

「実はクリームの使用量は少なく済んでいます。塗りすぎると形が崩れますので」

「ほぉ。少量でここまで甘さが出るのか」

何かをメモする二人。続けてベイクドチーズケーキの紹介をする。

「見かけはシンプルですが、味は濃厚なケーキです。使用したチーズは新たに作り出したクリームチーズと言う物を使ってます。そちらも後で登録しますね」

オレンジソースを盛り付け試食してもらう。これは爺さんが気に入ったようで、お代わりをしていた。気に入ってくれたのは嬉しいけれど、これ一応試食なんだけど……

次にレーズンバターサンドとカップケーキを出す。

「こちら二つにはどちらともバタークリームを使用しております。生クリームよりもしっかりした食感で時間が経過してもふんわりとしてます。マカロンにも使用できます」

「バターのクリーム……ただ練った物ではないな」

「はい。ただバタークリームのコストは高いです」

レーズンバターサンドのレーズンをお酒に浸ければ大人のお菓子にもなるが、ラム酒が見つかっていないので保留だ。

ミカエルさんはピンク色のカップケーキを嬉しそうに口に入れたが、爺さんはどうやら手に取った青色のバタークリームが気になって食べるのを躊躇(ちゅうちょ)しているようだ。

「色は主に野菜から抽出してるので毒とかではないですよ」

「だが、青だぞ?」

「色は赤キャベツからとった天然の物ですよ」

「ミリー様、赤キャベツは紫色ではないのですか?」

それについて質問されると思って赤キャベツの汁も持ってきた。重曹やレモントリックを見せると爺さんが「何故だ何故だ」としか言わなくなる。

答えは説明できるほど知らないし、今は理科の授業じゃないので「やったらできたんですよ」と言っておいた。物凄い形相で睨まれたけどね。

やはり色味に驚く人がいると覚悟したほうがいいね。考えれば真っ青だとスライム色だもんね。

(奇抜な色はとりあえず控える？)

うーん。でも、パッと見て青は特に映えてるんだよね。ミカエルさんは特に青に対して躊躇していないようだ。今後は他の人の反応も見てみて奇抜な色を控えるかは決めよう。

次のレーズンバターサンドを食べ終えた爺さんに尋ねる。

「ギルド長、レーズンバターサンドはいかがでしたか？」

「これは安心して食べる事ができた」

安心してか……前世では元々レーズンバターは葬式用に出されてたお菓子だと伝えたらびっくりするだろうな。ドイツ版の葬式饅頭だな。あー、饅頭食べたい。

「次はバクラヴァですね。こちらはほぼ見た通りのナッツパイです。何層かのパイ生地にナッツを挟んで、砂糖と蜂蜜のシロップに浸けています」

爺さんがバクラヴァを口に入れ目を瞑る。味覚にヒットしたな。

「これは酒にも合いそうだ。うむ、好みだ。だが、これも採算が合うのか？」

「原価は一切れ小銅貨五枚ほどです。材料の仕入れ値次第では更に安くなると思いますが」

想像していた原価額より安かったらしく、銅貨二枚で売れるだろうと嬉しそうな顔をした爺さんの目がギラつく。

銅貨二枚。一個二千円とか凄まじい価格だよ。日本だったら同じ価格で十個くらい食べられそう。まぁ、原価が違うので仕方ない。

次にパウンドケーキを紹介する。これは比較的受け入れやすい色と味だと思う。

「味はプレーン、紅茶、レモン味ですね。パウンドケーキはこの他にもリンゴやドライフルーツにニンジンなどの野菜を入れて作る事が可能です」

「これは紅茶に合うな」

「中はしっとりしてますね。私はレモン味が一番好きですね」

うん。一番無難でシンプルだが美味しい物だ。これは万人受けするのではないかと思う。パウンドケーキは一本で原価は銅貨二枚弱。十切れは取れる。売るのなら、一本銅貨六枚、一切れ小銅貨六枚が妥当だろうという私の提案に二人も賛同する。

「ジョー、ちとレモンのをもう一つ切ってくれ」

「わ、私もお願いします」

二人がジョーにお代わりを要求する。レモン味、大人気だね。

「……食べすぎると最後まで食べられなくなりますよ」

本音を言うと、私も残ったのを食べたいのでレモン味を全部終わらせるのはやめてほしい。

次にアイシングクッキーの紹介。

「こちらはクッキーの上に砂糖で絵を描いてます。粉糖を使うので割高に見えますが粉糖を自作すればコストも安くなると思います。ですが、手間を考えますと最低一枚小銅貨五枚になりますし、大量生産はできません」

「お主、粉糖も作ったのか？　どうやって作った？」

「え？　ゴリゴリしてですけど？」

「どういう意味だ？」

「ゴリゴリです」

爺さんが私の語彙力ではらちが明かないと隣にいるジョーに説明を求める。ジョーが、ミカエルさんが準備したすり鉢と砂糖でゴリゴリを披露して砂糖を粉糖に変えていく。

「確かに簡単にできるな」

ゴリゴリの方法がスタンダードで作られているのかと思った粉糖が、実は魔道具で作られていた事を爺さんから初めて聞く。何故、わざわざ魔道具で作るのかを聞けば、固まらないように乾燥の魔法が施されているという。

（ああ、純粉糖だからか。確かにコーンスターチをまだみた事がない）

「お主たちはこの製法を登録するのか？」

「面倒そうなので嫌です。それに、私の製法は短期保存のみです。広めるなら無料で広めますよ」

ゴリゴリするだけだし、砂糖が広まれば自然に誰でも気づくだろう製法だ。仕上がりを見ても時間が経たなければゴリゴリ製法で作ったか作ってないかとか証明できない。必要な分だけを作るのにはゴリゴリで十分。

それをわざわざ売りに出す必要性を感じないのもあるが、コーンスターチに取り掛かりながら粉糖を作り出しても量産はできない。

今売られている粉糖の製法はややぼったくりだと思うけれど、それだけ魔道具が高価な物なのだろう。洗濯機の事もあるし、今はこれ以上魔道具関係と利害で摩擦を起こすのも得策ではないかな。

「無料か……商人としては考えられないが、これに関してはそれが一番良い方法かもしれんな。一応無料で登録しろ」

「無料の登録……ですか？」

「ああ。昔、パスタでも面倒な事件があったからの。簡単な製法や長い間登録公開されている物に関しては無料での公開が推奨されている。基本のパスタや小麦粉の挽き方などがそれだ」

面倒な事件と爺さんが説明したのは、まだ爺さんが見習いのころに、昔からある簡単なパスタ製法を軒並み登録した貴族の商会があったそうだ。

毎日の食生活には欠かせないパスタ製法に対して、急に使用料を請求された王都民からの不満は激しく、暫く治安も悪くなったそうだ。結局、事件に関わった貴族と商業ギルドにはそれなりのお咎めがあったらしい。その後、各家庭はレシピをシェアする事を控え、商会は必ず無料でも登録するようになったという。

「それが、王都にレシピが出回らない理由って事ですか？」

「うむ、まぁ、そうだな」

チッと内心舌打ちをする。どこかの強欲な貴族のせいで、ある程度凝ったレシピが無料になるには相当時間が掛かりそう。そんな事件の背景から各家庭や商会がギチギチにレシピを囲いシェアしないせいで、食材は豊かなのにレパートリーが全く広がっていないというわけか。

少し休憩を挟み紅茶を啜りながら、これまで紹介したレシピについての質問に答え次に移る。

「次は、えーと、なんて名前にしたんだっけ、お父さん？」

「ピークッキーだ」

「絶対違う。あ、そうそう、ナッツバタークッキーです。南豆を使ったクッキーです」

爺さんが一口食べる。こちらも爺さんの口にあったようだ。

「南豆は去年の終わりに南から大量に入ってきていたの。酒のつまみとして売られていたが菓子になるとは……」

「原価も全体的に低いので一枚、小銅貨二枚程でも利益が出ると思います。ただ、ピーナッツバターを作るのが大変なので人件費なども考慮しないといけないですね」

ミカエルさんがアイシングクッキーをうっとり見ながら、生地の製法について尋ねる。

「クッキーはすでに数か所から商品登録されております。南豆から作ったクッキーについては問題ないですが、アイシングクッキーのクッキー生地部分の登録については審査が厳しくなるかもしれません」

これまでの爺さんから貢がれた数々のクッキーの試食経験を生かし、登録されているだろう製法以外で作ってみたアイシングクッキーの土台。アイシング自体の登録も可能だそうだが、結局はクッキーが必要だ。

「審査がダメだったら別の製法を出します。それでもダメだったら仕方ないのでアイシングだけ登録してアイシングクッキーは諦めますよ」

「それは絶対ダメです！　この可愛らしい物を諦めるなんて神が許しても私が許しません」

ミカエルさんがまた近い。

落ち着いたミカエルさんがあまりにもアイシングクッキーを見るので、残りは全部あげる。

オーツクッキーを食べる前に、口の中の甘さを流すためのお茶を飲む。

「ジョー、お主は今日静かだな」

「今日は、ミリーに任せてますので、俺はレシピ登録で頑張りますよ」

「しかし、どう教育したら『これ』ができるのだ？　クリスもこやつくらい何かに貪欲になれればの。あいつは誰に似たのか」

(明らかに爺さんでしょ)

特にマリッサが大好きなところとかね。ジョーもミカエルさんも同じ気持ちなのだろう、爺さんに視線が集まる。

「知らぬは本人ばかりか……」

ボソッと呟く。

「ん？　お主、何か言ったか？」

「いいえ。それでは、最後のオーツクッキーを試食してみてください」

爺さんがオーツクッキーを咀嚼する。

「ほぉ、これは甘さ控えめの素朴な味だが、食べごたえがあるな」

「こちらには砂糖を一切使用しておりません。一枚の原価は鉄貨二枚です。小銅貨一枚でも十分利益が出ます」

爺さんもミカエルさんも砂糖不使用という事実を疑ったので、甘さの秘訣は細かくして入れたナツメヤシだと伝えると興味深そうにクッキーを分解して中を調べていた。

「オーツクッキーの販売ターゲットは平民にしたいと思っています。こちらは、価格をより安くするためにコーンミールを使用しています。お貴族様の口にそんな物を入れたら怒られそうなので」

「あれは粥や安パン以外の用途は家畜の餌だ。確かに貴族に出せる代物ではないな」

コーンミールで作ったポレンタフライの話も追加。家畜の餌扱いされているが、主食にできる炭水化物で、ふんだんな食物繊維にビタミンなども摂る事のできる食材なので普通に食べてほしい。

最後に、もう紹介は要らないだろうマカロンを並べる。こちらはすでにミカエルさんにプレゼントとして渡し、登録も終了している菓子だ。今回は四種類の味を試食する。

「左からレモン、オレンジ、ピス…緑の殻豆、それからキャラメルの四種の味を準備しました。マカロンのコスト下げについて試行錯誤したのですが、一つ銅貨二枚が限界です。こちらの商品のターゲットは貴族になると思います。私からのお菓子の説明は以上です」

マカロンの試食の途中から静かになった爺さんが私の説明が終了したのに気づき、食べ掛けのキャラメルマカロンを持って詰め寄ってくる。

「待て待て、待て。何を終わらせようとしている。この『きゃらめる』とはなんだ！　ほろ苦いのに甘い。このような菓子は今まで食した事がない」

「気に入っていただけてよかったです。キャラメルもその内、きっと誰かが辿り着く調理法だと思うのですが……登録公開するので気になるのなら買ってください」

「ぐぬっ。キャラメルはレシピを買うとする」

今回のレシピは全て登録予定だ。お菓子は可能な限り広げたい。

開発したレシピの中には猫亭では出すものの、今後も非公開予定の物もあると説明するとミカエルさんが不安そうな顔をする。

「……ミカエルさん、心配しなくともマカロンは公開します。非公開のレシピは主に食中毒の可能性が予想される物です。これらは別の誰かがそのレシピに辿り着くまで非公開にします」

清聴してくれた二人、それからサポートしてくれたジョーに礼を言い、菓子プレゼンを終了する。

上々のプレゼンだったと自画自賛に浸っていると、爺さんから締めの言葉をもらった。

「全体的に分かりやすい説明であった。お主をギルド職員に勧誘したいほどのな。菓子のレシピの話をした時、二つ出てくれれば良いほうだと思っておったが……やはりお主は爆弾だ」

え？　二つで良かったの？　うーん。でも今となってはどれも外せない。

「選択肢がたくさんあったほうがいいかなって思って」

「うむ。誰がこんなに作ってこいと言ったと説教したい気持ちだが……これだけあれば店は間違いなく成功するであろう。商業ギルドとしてはこの話を進めたい。ジョーと以前話をした時はギルドに運営委託したいとの事だったが、お主の意見はどうだ？」

「私も同じ意見です。私の様な子供は色々トラブルになりそうです。でも、委託の説明を聞いて最終判断したいです」

「賢明な判断だ。数年ごとの契約更新じゃから気が変わったら後に契約を変えれば良い」

まるで私に得があるような説明をしているけど、言葉を変えれば――

「それはお互い様という事ですよね」

「抜け目のない子供め。だが、そうだ。商業ギルドも慈善商売ではないのでな。儲かっていない店にいつまでも加担はできん。精々上手く生き残れ」

爺さんはそうツンを吐き捨てると、残りはミカエルさんに任せ仕事に戻った。

◆

「それでは商業ギルドへの運営委託の説明をさせて頂きます」

運営委託すると経営サポートだけでなく、ノウハウも含め商売の基盤作りの手伝いもしてもらえるとの事。オーナーはあくまでも私で、ギルドは業者とのやり取り、従業員の確保に教育を代行し、店の経営には基本的にミカエルさんを挟み、私は表に出ない方式となる。その代わり、それ相応の手数料をギルドに支払う。

「手数料はいくらですか？」

「売上の二割です」

純利益ではなく売上の二割……なかなかふっかけるね。

うーん。でもこれは得る物を考えれば妥当な取引かもしれない。ほぼ丸投げで二割の値段でやってくれる。人件費や税金などもあるから、私の商会に一割入れれば納得できる取り引きだ。

「初期費用や家賃っていくらですか？」

「店舗にもよりますが、この価格設定でしたら中央街をお勧めします」

中央街の家賃は、大通りの近くだと月金貨一枚から。裏通りなら小金貨四～八枚との事。アズール商会のある中央区の東側になると小金貨三枚から六枚が目安になるそうだ。以前食堂として使用された物件なら、住み込み用の部屋が付いている物が多いとの事。

雇用費は総括料理長は月小金貨一枚前後、下働きは銀貨一、二枚が相場。下働きや見習いの多くは住み込みが条件で働くそうだ。

「ミカエルさん、平民用のオーツクッキー売り場も考えたいのですが……そちらは店が軌道に乗った後でもいいと思います」

「そうですね。オーツクッキーについては初期費用も少ないと思いますので、すぐに店の開店は可能ですが、異なる二つの事業を同時進行すれば共倒れする可能性が高くなると考えてください」

うん。これはミカエルさんが言っている事が正しい。庶民クッキーはしばらくお預けだ。

「総括料理長にはすでに目を付けている人材が二人います。最終決定はミリー様にお願いします」

「は、早いですね」

「マカロンと初めて出会った日から探しておりました」

「そ、そうですか」

――マカロン愛が強すぎる。

従業員は総括料理長一名、見習いを含む厨房料理人五名、下働き二名、それから三名から五名をフロントとして雇う予定だ。

「菓子は新しい製法の多さから、ジョー様には申し訳ないのですがレシピの伝授に時間を割いていただく必要があります」

ミカエルさんが説明を一緒に隣で聞いていたジョーに確認する。

「俺も金をもらっているので、その分の働きはする予定だ」

「ありがとうございます。総括料理長として雇う者が決まりましたら、ミリー様にも挨拶(あいさつ)をさせる予定です。他の従業員にはオーナーの素性は伏せます」

ジョーが細かくミカエルさんに疑問を投げかける。ほとんどは私の安全性や素性の漏洩を危惧する質問だった。

「総括料理長が知る事になる菓子の製法、ミリー様の素性について、秘匿契約は契約書にて行います。他に質問はございますでしょうか?」

ジョーが首を振る。いろいろ頭の中で計算していた私の不安は一つ。

「初期費用が予算内に収まるか不安ですね」

「ペーパーダミー商会の残金は現在金貨四十枚ほどございますので、お支払いには問題ないかと……初期費用はいくらをお考えでしたか?」

「あれ？　金貨三十枚と聞いたんですが？」

「それでしたら先月チュロスが貴族のお茶会にて振る舞われたようで、そこから問い合わせが増え他のレシピも一緒に売れました。二週間で金貨十枚以上の売り上げを記録しました」

「……わーい」

ジョーも知らなかったようで目を丸くする。

ペーパーダミー商会の現在の支出はジョーの給料、小金貨五枚と税金のみという不思議な商会だ。

ああ、それから今回の食材費くらいかな……経費は。

ミカエルさんに希望初期費用は金貨十五枚、上限は当初の予定より増額して二十枚だと伝える。

「十分です」

初期費用二千万……。そう考えると急に怖気づいてしまう。

「……ミカエルさんは、このお店が成功すると思いますか？」

「絶対との約束は誰にもできないです。しかし、高い確率で成功するかと。甘味にはそれだけの可能性を見ています」

ミカエルさんが迷いのない目で答える。

「お父さんはどう思う？」

「ミリーはやりたいんだろ？　やってダメだったら止めればいいだけの話だろ？」

「……うん。やります。といってもミカエルさんに大部分を押し付ける予定なんですけどね」

ミカエルさんがニッコリと微笑み、商人の挨拶(あいさつ)をする。

「ご決断ありがとうございます。それでは細かい物件の話に移りますね」

ミカエルさんが集めてきた希望に合いそうな物件を出してくる。仕事が速すぎる……。物件もマカロンと出会った日から探していたのだろうか？

一軒目、裏通りで厨房付き。間取りも悪くなく家賃は月に小金貨六枚。

二軒目はないな……トイレの位置が入り口のほぼ真横にある。

三軒目は大通りに近い場所で厨房は広め、間取りもいい。でも、家賃は高めの金貨一枚。

四軒目は大通りから少し離れた家賃小金貨五枚の物件。一番広くスケルトン物件なので改装もしやすそう。

「二軒目以外を実際に見たいです」

「畏まりました。それでは来週に内見を、今週は先に総括料理長を決めましょう」

予定をすり合わせ、ジョーは猫亭があるので総括料理長の決定だけ参加して、物件の内見は私とミカエルさんで行く事になった。

「物件の内見の際などは、ミリー様には私付きの見習いに変装し同行して頂ければ、誰にも疑問を持たれないと思います」

それは実にいい考えだ。お子様が偉そうにおひとり様内見なんて、目立つ以外の何ものでもない。

ジョーも変装に賛成したので、内見については一通り話が決まり、明々後日には二人の総括料理長候補の最終選考会を行う事になった。

今後の話がまとまると、丁度爺さんが執務室に戻って来た。

爺さんに運営委託に関しての結果を報告する。ジョーは菓子のレシピ登録にミカエルさんと共に向かう事になったが、執務室を退室前に何やら資料をミカエルさんから受け取っていた。

「ジョー様、希望されていた新しい従業員リストです。実はその事で、ご相談もありまして……詳しくは後ほど説明します」

「分かった。じゃあ、行ってくる。ミリー、エンリケさんに迷惑をかけるなよ」

「もちろんだよ！」

爺さんと二人きりになったので試食の残りのカップケーキを取り、いつものソファーに座ろうとしたら目の前に大きな影が立ち塞がった。

「して、お主には手紙の書き方を教えんといかんの」

「あ……」

「あ。ではない。なんじゃい、この返事は！」

見せられたのは額装された親指の絵。いや、額装するほど気に入ってるじゃん。

「了解したという意味でしたが……ハイ、ダメでしたね」

鬼の形相の爺さんに普段だったらちゃんと返事が書けると胸を張る。

「ほぉ、では今すぐ書いてみろ」

ギルド長様へ
本日、お便りを拝受しました。
このたびはご丁重なるお手紙を頂戴し痛み入ります。

さて、母ですが雪が降っても毎日元気にしております。以前、母が寒くなる事を心配された際に毛皮を大量に頂きましたので、雪降る夜にも役立っております。

また、母への冬用の魔道具の支援のお話、まことに恐縮に存じます。ご厚意は大変ありがたく思いますが、スパーク家ではそのように高価な物は辞退させていただく事となっております。

最後に、レシピは春までには完成すると思います。詳細は改めてご連絡します。

ミリアナ　スパーク

「……お主」

「……ギルド長」

「お主……」

「ギルド長……」

「やめんか！　くっ。お主が普通に手紙を書ける事は分かった。私もマリッサの話を書き過ぎた自覚はある」

言葉を何度か反復すると爺さんに怒られたが、私の皮肉った手紙については理解してくれたらしい。

「いえ、私も大人気なかったです」

「……お主は子供であろうが」

「元気な六歳児です」

爺さんが、ヤレヤレとため息をつきながらソファーに深く腰を掛け、試作品の残りが載っている皿を見つめる。

「しかし、お主の頭の中はどうなっておるのだ？　あれほど菓子のレシピ……お主はなんなんだ？あのレシピはどうやって手に入れた？」

「なんとなく思いついたんですよ」

爺さんのサイレントジト目が痛い。

「何かあったら『必ず』ミカエルに相談するようにしろ」

返事をして二つ目のカップケーキを頬張る。

「お主はまだ食べておるのか!?」

「まだ二個目ですよ。説明中は食べていませんでしたので」

気になったので、他の商会がどれほどの値段で菓子を販売しているのか尋ねる。

「いつもお主に出しているクッキーは十枚入りで銀貨一枚だ」

（やっぱりすごい値段が付いている！）

あんな小さなクッキー一枚に千円。砂糖の金額を考慮してもぼったくりじゃない？

「凄い価格ですね」

「お主が店を出せば価格は下がるだろう。菓子は取り扱ってる商会自体が少ないからな。だが、価格を安くつける必要はない。他よりあまりにも値段が低いとお主の菓子が安く見られる」

爺さん曰く、貴族は見栄で購買意欲が湧くらしい。高価なほど、購入する貴族もいるらしい。

「貴族様って大変ですね」

正直、高い価格をつける事には乗り気ではない。

私は甘い物をこれでもかっていうほど広めて砂糖の値段を下げたいのだ。貴族様の見栄なんかどうでもよいのだ。

でも、爺さんの言う事も一理ある。私の店だけ価格が安いと他のスイーツ屋が生き残れなくなってしまう可能性もある。それは阻止しなければならない。私は他店のスイーツも食べたいのだ。

「それよりお主、見ない間に少し大きくなったな。成長が早いのは何よりだ」

「去年の服は小さくなったのでお母さんに新しい服を作ってもらいました。ここの刺繍は私がしたんですよ」

爺さんにカニの刺繍を披露する。

「……蜘蛛か？」

「カニです」

「マニアックだな。カニなんぞどこで見たんだ？」

「……どこだったかな？　どこかで見ました」

「アジュールではあれを食うらしい」

爺さんが嫌な顔をする。美味しいと聞いたが外見から虫しか連想できず、食べず嫌いをしているらしい。

「勿体無いですね。美味しいのなら尚更食べておかないと」

「お主はなんでも食べそうじゃからな」

「美味しいのなら食べないと損ですよ」

アジュール、聞けば聞くほど行きたい街。王都から一週間も離れた場所にあるのが痛いけど。今は無理だけど大きくなったら絶対行きたいな。

爺さんに庶民クッキーであるオーツクッキーの今後の販売について尋ねられたので、ミカエルさんと相談した内容を説明する。

「あれは中央街の店では売りません。平民の市場で販売したいです。値段も小銅貨一枚だったら串焼きと変わらない値段なので売れると思うんですが、どう思いますか？」

「商品が一つしかないのは心許ないな。あのボーロはどうだ？」

「ボーロですか？　確かにあれは砂糖を使ってないですし簡単にできますね。あれだったら小袋を小銅貨一枚で売り出せると思いますよ」

ボーロの事はジークのおやつとしてしか考えていなかったが、あれはマイクたちにも人気だ。爺さんから、二種類あれば十分だが、できれば三種類欲しいと助言をもらう。

「庶民向けの店は後々という話なので、試行錯誤して完成したらまた試作品を食べてくださいね」

「ああ。む！　そういえば、お主……あの洗濯機と脱水機はなんだ？」

「なんのはな――」

「トボケるなよ。あれもお主であろう？　菓子のレシピを作る間にあんな物にも手を出していたのか？」

知らないフリをしようとしたら、爺さんに指を差されながら答えろと問い詰められる。

「私の功績ではないですよ。木工師と鍛冶屋の努力です」

「お主……いつまでも誤魔化せると思うなよ。まぁ今は良い。洗濯機に関しては、未だに魔道具専門の商会がケチをつけているが魔石の使用が一切ないなら心配はいらんだろ」

「やっぱり何か言われたんですね。私は魔道具商会と競争するつもりはないですよ。それに魔道具は金貨十枚って聞きました。うちの洗濯機とは客層が違います。金持ちは今まで通り魔石の洗濯機を購入するんじゃないでしょうか？」

「それは、どうだろうな。貴族は見えぬ所ではケチな奴もいるからの」

そんな事まで考えて商品を開発していたら、いつまで経っても洗濯機はできなかったと思う。世の中は結局、資本主義の弱肉強食なのだ。

「それなら金貨十枚から価格を下げる事を頑張るしかないですね」

「ククク。そうだな。やはり、成長したら商業ギルドに入らんか？」

爺さんに馬車馬のように働かされる未来しか見えないのでノーサンキュー。笑顔で断る。

その後爺さんが執務に戻り、暫く静かにしていたが、暇だったので謎の置物の猪と遊ぶ事にした。

「我は成金猪である。道をあけよ！　バコーンバコーン。あーれー」

クルクルと回り床へ身を投げる。爺さんをチラっと確認するとワナワナとした表情で瞑っていた目を開け静かに言う。

「終わったか？」

「この成金猪なんですか？　ギルド長の趣味ではないですよね？」

「知り合いからの手土産だ。角の部分の金は本物だ」

「賄賂？」

「違うわい！　もういい。お主は邪魔だ。変装用に見習いの制服の試着でもしていろ」

チリンチリンと爺さんがベルを鳴らすと、隣の部屋からミカエルさんとは別の部下が現れ、商業ギルドの見習い制服試着のために別部屋へと連れて行かれた。

見習い用の制服は、白のブラウスにサスペンダーのついたグレーのズボンだ。ズボンを穿くのは久しぶり。ワンピースもいいんだけど、ズボンはやっぱり動きやすい。試着して執務室に戻ると丁度ジョーも戻って来ていた。

「ミリーのズボン姿は初めて見るが似合ってるぞ。帽子を被れば男の子に見えるな」

「お父さん、ありがとう。ズボンは動きやすいね。内見に行く時には帽子も被って行くね」

「不思議だな。こう見たら女とは分からんな」

このままズボンで帰りたかったが、そんな事したら変装の意味がないので着替えた。

爺さんとミカエルさんに挨拶し、ジョーと一緒に商業ギルドを後にした。

執務室の三人

　エンリケはミリアナの持ち込んだ菓子を片付けるミカエルに意見を聞いていた。

「今日の菓子、ミカエルはどう思った？」

「全てミリー様の発案で間違いないと思われますが、あれほどの数のレシピ、今日の菓子の解説や思考は六歳児とは到底思えません」

「加えて洗濯機と脱水機。あやつは一体なんだ？　本人に聞いても誤魔化すのが上手いからな」

「才能でしょうね。ジョー様たちが特別に教育しているようにも見えません」

　エンリケは、天賦（てんぷ）の才能と呼ぶ事へ違和感を漏らす。

「あやつは才能と言うより、確信を持って行動している。だが、貪欲なのは食べ物にのみだけだ。他の物に対しては金を含め、必要なら動くだけで大して興味を抱いておらん」

　ミカエルもエンリケに同意する。いくら天才でも、六歳児であれば知識が及ばないであろう事までを熟知しているミリアナにはミカエルも違和感を抱いていた。

「ですが、才能がある事は確かです」

「ああ。だが、あやつは抜けてるところがあるからな。月光、いるか？」

「はい。ここに」

ミカエルは自身の背後から急に現れた月光に身体を強張らせた。

「げ、月光さん、毎回私の背後から登場するのはやめてくれないだろうか？」

「驚かせましたか？　それは済まないね、ミカエル殿」

「月光、ミカエルで遊ぶのはやめよ。して、何か分かったか？」

エンリケはマリッサのいる猫亭を時折月光に見張らせていたが、ミリアナがギルドで魔力暴走を起こして以来、ミリアナの報告も頻繁にさせていた。高い魔力量を持つ月光は影としては優秀だったが、それでもミリアナのすべてを把握できていない。

「以前報告した通り、ミリー嬢は見張られておりました。貴族の影で間違いないかと」

「めんどうな。どこの貴族の影だ？」

月光は素人同然の影でしたと鼻で笑いながら報告する。

「首謀者は分かりませんが、冒険者のフリをして猫亭に出入りしているウィルという者と繋がっております。影を追いましたら、あの者と密会しておりましたので。ただ、ここ数週間は一切姿を見せておりません」

「モンティ家の変わり者と行動しておる奴か。本当にそのウィルという者が首謀者ではないのか？」

「いいえ。女の方の、ウィルという男への態度。あれは別の主人に仕えていると思われます」

エンリケがウィルの素性を月光に探し出すよう指示をする。

「ウィルという男、今後邪魔になりそうか？」

「ミリー嬢……ひいてはマリッサ様に直接危害を及ぼす行動は見受けられません。それどころか守るようなそぶりも見せておりますので、その心配はないかと思われます」

「そうであるか。しかし、最近の貴族はいつから下町の宿に泊まるようになったんだ？　時代か？　私にはわからんな」

エンリケに釣られ、ミカエルも苦笑いをする。

「貴族も以前とは変わっておりますから」

「ふん。どうだろうな。まぁ良い。ミカエル、今日はご苦労であった。委託の件、頼んだぞ」

「はい、ギルド長。それでは失礼します」

ミカエルが二人に挨拶(あいさつ)し、執務室を退室する。

それを見届けた後で、エンリケが月光に振り返り声を潜める。

「で、ミリアナの出生については何か分かったか？」

「残念ながらそちらに関しては新しい情報は得られておりません。西区のバーナム教会で拾われたという話ですが、教会の者はミリー嬢が捨てられていた事すら、誰も知らないようでした」

「誰が置いていったかもわからぬか」

エンリケが舌打ちをすると、月光が思い出したかのように追加情報を口にする。

「関係性は分かりませんが、拾われた同時期に、子供を探しにバーナム教会を訪ねたナーザス商会の従者がいたと教会の者が申しておりました。子供を捨てる者は多いとの事ですが、捨てた子を探しにくる者は皆無なので院長が鮮明に覚えていたそうです」

「ナーザス……。紙を取り扱う商会か。会頭はティモシー・ナーザス。少し前に中央の東にも店を出していた。息子と挨拶に来ていたな」

エンリケがナーザス商会の資料を参照する。

「会頭には妻と息子に娘。この者らについては私よりもミカエルが詳しいな」

エンリケがミカエルを再び呼び戻し、ナーザス商会について尋ねる。

「ナーザス商会ですか？　何度かお会いする機会がありましたので覚えています。後継者のヘンリー様は今年王都学園に入学予定で大変優秀です。妹君の名前までは分かりませんが、去年一度お見かけした時は五、六歳の可愛らしい子でした」

「確かに妹はいたのだな？」

「え？　はい。間違いないです」

エンリケはやや困惑しながら難しい顔で考え込む。

(その妹が、探していた子供なのか？　であればミリアナはただの偶然か？　偶然同じ場所に同時期に捨てられていたのか？　二つの事柄は無関係なのか……)

「ギルド長、何か問題でもありましたか？」

ミカエルが心配そうに、黙り込んだエンリケの顔を覗きこむ。

「今後、お主もミリアナに多く関わるであろうから話しておく――」

エンリケが、ミリアナの出生についての疑問をミカエルとも共有する。

「ナーザス商会の行動が謎ですね。誘拐でしょうか？」

「うむ。そちらも気になるところだが……月光、まずはウィルという男を調べてくれ」

「承知しました。では、私はこれにて」

月光がフッと二人の前から消える。

ミカエルは月光がまた背後から現れるのではないかと、無意識に何度も後ろを確認する。

「風が吹いたと思ったらいつも現れたり消えたり、一体どうなっているのでしょうか？」

「そんなもの秘密に決まっているであろう？」

エンリケが愉快そうに笑うが、自身も月光の魔法について完全には把握していなかった。

「それより、ジョーはあの二人を受け入れてくれそうか？」

「はい。丁度、信用できる従業員を探されていたようですし、二人の境遇も気の毒に思われたようです」

「そうか。あの二人は、しばらくジョーとマリッサに預ければ大丈夫であろう」

（対価分以上の働きはしたぞ。希望通り王都で一番安全な場所だ）

エンリケは成金猪とミリアナが呼んだ置物を眺めながら、眉を顰めた。

隣にいたミカエルもエンリケとは別の理由から成金猪に眉を顰める。可愛くない。

「そうでした。遅くなりましたが、クリス様のご婚約おめでとうございます。砂の国まで行った甲斐がありましたね」

エンリケはクリスの婚約者を探すために、去年の終わりから砂の国まで足を運んでいた。

希望通りのいい縁は見つかったが、その条件の一つとしてとある二人をダイトリア王国に共に連れてくる事となった。

後に相手方より、その二人について安全な場所での生活の保障を条件として追加されたので、エンリケも同じく条件を追加した。すると嫌がらせのように贈られてきた不格好な置物が、あの猪だった。

「あちらはクリスの姿絵を大層気に入っていた。まるで詐欺師の気分だ。まぁ、交換条件の一つにあの二人を押し付けられたのでお互い様だがな」

「お二人とも片言ではありますが、王国の言葉も話されますのですぐに慣れるでしょう」

「そうであればいいな。話は以上だ。ミカエル、ミリアナの店を頼むぞ」

「はい。ギルド長」

アレの在処（ありか）

商業ギルドから帰宅したのは夕方だった。猫亭は休みのため、ジョーはそのままソファーで気絶した。

「タターン！」

マリッサの前に商業ギルドの制服を着てスライディング登場、くるりと回る。

「ミリー、その服はどうしたの？」

「商業ギルドから変装用に借りたの」

反対するかと思ったけれど、マリッサは意外にもズボン姿の私を気に入ったようでもう一度回るようにお願いされる。

「あら、ここ解（ほつ）れてるわね。直すから脱ぎなさい」

見れば後ろのお尻部分が少し裂けていた。

「本当だ。お母さん、ありがとう」

「ミリーも座って、途中で放置しているジークの布絵本の続きでもしなさい」

そうだった。大分前に布絵本を作り始めてそのままにしてた。

以前、サルカニ合戦の布絵本を作ったが、ジークは話より絵本の触り心地に興味を持っていた。

なので今回は『猫のしっぽ』という触って遊べる布絵本を作っていた。放置してはいたが……

様々な形や素材で作った猫のしっぽを縫っていく。フサフサのしっぽ、モコモコのしっぽ、そして三つ編みのしっぽ。ジークの好きな猫のしっぽが盛りだくさんの絵本だ。

繕い物をしながらマリッサが尋ねる。

「ミリー、お店の話を受ける事にしたの？」

「うん」

「そう。何かあったら私たちにちゃんと話すのよ」

「うん……できた！」

マリッサに完成した布絵本を見せる。

「ふふ。猫のしっぽしかないじゃないの。絵本からはみ出ているわよ」

「大丈夫！　ジークは喜んでくれる……はず！」

まだ起きていたジークに完成した布絵本を見せると、指をさしたりなぞったり、テケテケと歩いて離れたかと思ったら、以前作った猫のニギニギを持ってきて布絵本のしっぽ猫と仲良くさせようと頑張っていた。一番気に入ったのはモコモコのしっぽ。パンパンと叩きながら喜んでいた。

ネイトたちきょうだいも今日の休みを利用して、三人で日用品などを買いに出かけたと聞いた。テーブルに置かれたマルクの木簡(もっかん)ドリルを片付ける。最近は三桁や四桁の足し算引き算に挑戦中だ。次はかけ算かな。九九のボードでも作るかな。昔、よくお風呂で練習していたな……

お風呂に浸かりたい……

「ミリー、今日は髪の毛を洗うんでしょ？」

マリッサがジークを寝かしつけ、お湯を張った桶で髪を洗ってくれる。手作りシャンプーで、シャカシャカと髪と頭が洗われる音の心地よさに、気が付いたら寝ていた。

「終わったわよ。髪を乾かすから椅子に座りなさい」

眠たいままマリッサの風魔法で髪を乾かしてもらいベッドへと倒れ込んだ。

◆

次の朝、ジョーより早く、元気に起きる。小躍りしながら猫亭を掃除、昼の準備を手伝う。

「ミリー、朝からずっと元気だな」

「うん。エネルギーがみなぎってるよ！」

宿は昨日休みだったが、食堂のランチはそれなりに忙しい。加えて常連のお客さん数人が、特別に早めのチェックインをしたとマリッサがいっていた。

ランチ時間の終了間近に本日チェックインしたザックさんが下りてくる。最近見かけてなかったから忙しかったのかな？　最後にあったのは……変態騎士が来た時か？　そういえば、ザックさんは変態騎士のお兄さんなんだよね。

「ザックさん、こんにち――え？　顔、どうしたんですか？」

ザックさんが腫れた頬を押さえながら、笑う。

「振られちゃったんだよ。女の子って情熱的だよね」

浮気して殴られたのかな？　頬にグーで殴られた痕がくっきりとついてる。

後ろから合流したウィルさんが呆れたように首を振る。

「ザック、お前が二股かけたから女の家から追い出されただけだろ？」

「そんなにハッキリ言う必要ないだろ。ミリーちゃんだっているんだよ」

「ウィルさん、こんにちは。お昼食べますか？　オススメは厚切りピザトーストですよ！」

「なんだそれは？　まぁいい。それを頼む」

二人とも厚切りピザトーストを注文した。ウィルさんはピザトーストを気に入ったようだ。珍しくおかわりを頼まれた。

因みにピザトーストの登録はしていない。パンギルドが面倒そうだからだ。ピザソースは登録したけどね。今日のピザトーストのパンはパン屋から購入した物を使用している。

ウィルさんにおかわりピザトーストを配膳する。余程気に入ったのか、ジョーが考えたのかと尋ねられたので商業ギルドのレシピを購入していると返事をした。

「そうなのか？　家令に購入を申しつけておくか」

「……家令ですか？」

ウィルさんがメイドだと言いなおしたが、二人が貴族であろう事はすでに予想していた。

未だになんとか誤魔化そうと取り繕うウィルさんを止め、二人が貴族である事は黙っておくので交換条件でお願い事を聞いてほしいとにっこり笑う。

「な、なんだ？　脅す気か？」

「まさか。お貴族様にそんな無礼は働けませんよ。私はチョコレートが欲しいんです」

そうなのだ。チョコレートの在処が未だに分からないのだ。ギルド長の爺さんには知らないと言われた。商業ギルドのトップが知らないゴールデンなお宝のチョコ！

唯一在処を知っているレオさんは姿を晦ましている。レオさんも多分貴族だろう。ジョーたちには貴族に近づくなって言われているけれど、この人たちからは悪意を感じないんだよね。それよりもチョコレートの入手法を知りたい。

「チョコレート？　ああ。カカオか……すまんが、俺にも難しい」

(な・ぜ・だ)

ガクッと萎んでいく私をザックさんが励ます。

「ミリーちゃんがしょんぼりしちゃったじゃん。ウィル、なんとかしろ！」

「無理を言うな」

ウィルさんは、これ以上は答えられないとそっぽを向いてしまったので、チョコレート様についてはひとまずレオさんを発見するまで保留する事にした。

「ミリーちゃんは、俺が貴族なのも知っていたんだね」

「はい。変態……バートさんのお兄さんとの事ですし、騎士様は貴族だと聞いたので」

「そうだったね。あの時はごめんね。バートは凝り性でモテないいんだよ」

「なんの話だ？」

「俺の愚弟がレディに対して失礼な事をした話さ」

ザックさんが蚊帳の外だったウィルさんに変態騎士の行いを教える。

「お前たち兄弟は対照的だからな。だが、お前もある意味、女性に失礼な事してるがな」

「俺は女性を愛でるのがライフワークだからね」

「……何を言っているんだ。ただのスケベだろ。結婚でもして落ち着け」

「……君こそ早く結婚したらどうなの？　ああ、君の場合はまだ婚約者が育ってないからね。おまごとは楽しいかい？」

（この二人は仲が悪いのかな？　というかウィルさん婚約者いたんだ）

二人が静かに互いに嫌味を言い合う。テーブルの下では、足で蹴り合いまでしている。そろそろやめてほしい。段々と蹴りあいが激しくなりテーブルが大きく揺れる。

「おい！　店の中で喧嘩すんな！」

厨房から見ていたジョーに大声で叱られ、二人が静かになった。

喧嘩が終了したのを眺めていたら、ザックさんが、ウィルさんに別の願い事をするべきだとウィンクしながら言う。

「願い事は一個だけだからな。無理な願いは断る」

ウィルさんがぶっきらぼうに言う。

「今は特にお願い事はないです。何かあったらよろしくお願いします」

「……ああ」

料理人

今日は総括料理長採用のためにジョーとギルドを訪れた。ひとまず爺さんに挨拶(あいさつ)をする。

「来たか」

「来ました」

爺さんにビシッと敬礼をする。

「何故手を目の横に上げておるんだ？」

「敬礼……なんでもありません」

「……お主、今日は料理長決めか。ミカエル、あとはよろしく頼むぞ」

爺さんは別の仕事があるらしいのでそこで別れ、私は見習いの服、ジョーは調理用のシェフコートのような服に着替えミカエルさんと面接の場所へと向かう。

「お父さん、調理用の服カッコイイよ」

「そ、そうか？」

ジョーが照れながら笑う。

「本日、ジョー様には実際にいくつかの菓子を候補者と共に調理して頂きます。ミリー様は私と一緒にその様子を見て、採用する者を選定してください」

ミカエルさんに案内された商業ギルドの一室、広々とした清潔な厨房に入る。厨房には、オーブンが三つにコンロが八つもある。しかもどちらとも魔道具だ。

席に着くとすぐにシェフコートを着た男女が厨房へ入ってきた。今回の総括料理長候補の二人だ。ミカエルさんが簡単に挨拶(あいさつ)をし、ジョーを二人に紹介する。その後で、一人ずつ自己紹介をしてもらう事になった。

女性はレイラ・キャンベル。二十代前半のおっとりとした雰囲気の女性だ。緊張しているのがこちらからでもよく分かる。

男性はルーカス・ブラウン。三十代前半の体育会系の男性でジョーに似た雰囲気だ。

二人が挨拶(あいさつ)をする。先行はレイラさん。ジョーと厨房に立つ。

「俺はジョーだ。よろしく頼む。今から作るのは生クリームとキャラメル、それからパウンドケーキだ。キャンベルさんはこの中で馴染みのある物はあるか？」

「は、はい。生クリームは以前作った事があります」

レイラさんが自前の、綺麗に整備されている調理器具を並べ始めると、ミカエルさんに何かの紙を渡された。

(何これ？　履歴書？)

見てみると履歴書というより、素行調査に近い。家族構成や借金の有無に異性との交際についてまで……これプライバシーの侵害じゃない？　この国にはそんな法律はなさそうだけれど。

履歴書を読んでみる。

レイラ・キャンベル
年齢：二十一
家族構成：母、妹
借金：有（小金貨五枚）
交際相手：なし
前職：レストランミラ　料理人

ん？　履歴書にミカエルさんの書き込みがある。前職を辞めた理由、給与交渉の決裂と書いてある。まぁ、妥当な理由じゃない？

「生クリームは良くできてるな。流石だ。次はキャラメルだ」

生クリームを作るのはジョーより速く丁寧だ。魔道具のコンロも慣れた手つきだ。その後もキャラメルとパウンドケーキを作り、レイラさんの調理時間は終了した。手際も良く料理人としては素晴らしいけれど、厨房の総括をするとなると、ちょっと性格が優しすぎるかな。

「キャンベルさん、ありがとうございました。次はブラウンさんお願いします」

ルーカスさんがジョーに挨拶（あいさつ）する。やはり隣に立つと雰囲気が似ている。

「今から作るのは南豆のナッツバター、ベイクドチーズケーキにバタークリームだ。ブラウンさんはこの中で作った事のある物はあるか？」

「どれも初めて聞きます。南豆は酒のつまみとして食べた事があるが……。興味深い。一番時間がかかるものはどれでしょうか？」

「焼く必要があるから一番時間がかかるのはチーズケーキだな。バタークリームと南豆のナッツバターは体力勝負だ」

「それなら、ベイクドチーズケーキから作ったほうが時間の配分的にいいでしょうね」

二人が調理を始めたタイミングで、ミカエルさんから受け取ったルーカスさんの資料をみる。

ルーカス・ブラウン
年齢：二十七
家族構成：父、母、妻、娘、息子
借金：なし
前職：フィット男爵家　料理人

あ、まだ二十代でしたか。貫禄があるから年上に見えたのだろう。

(ん？　フィット男爵……どこかで――あ！)

蜂蜜を買いに行った時に使用人を叩いてた貴族か。嫌な事を思い出したよ。うーん。前職はなんで辞めたのかな？　気になる。

ルーカスさんも全ての調理が終了。ジョーとも息が合ってた。基本的に指示にはしたがっていたが、かといってジョーの言いなりになるのではなく自分の意見も堂々と言える人だね。ハキハキと発言できる人は厨房の総括に向いていると思う。

最後に二人一緒に、準備していたアイシングクッキーの飾りつけをしてもらう。

レイラさんがアイシングを手の甲に付けペロッと舐める。

「これは粉糖と卵白ですよね？　この色付けは……あ、すみません。つい興奮してしまって」

「気にすんな。俺だって、未だに不思議なんだから」

ジョーが笑いながら、飾り付けを披露する。

ジョー……練習した柄はやめてオリジナルの柄に変えたね。なんだろうあれ？　丸いカラフルなダンゴムシ？　ルーカスさんもレイラさんも無言になったのでジョーをジト目で見る。

「お、俺は、飾り付けはあまり得意じゃないから今日はすでに作った手本を見せる」

出てきたアイシングクッキーは、私が手がけた物だった。

「こ、これはなんとも綺麗だ」

「凄く繊細な柄で可愛らしいです」

早速、挑戦してもらう。二人が私のお手本を見ながらクッキーに絵を描いていく。

レイラさんはかなり器用。お手本通りの柄だ。ルーカスさんもセンスがいい。これなら問題ないね。すべての調理が終了。試食の時間だ。

全員で今日作ったお菓子を食べ始めるとレイラさんが泣き出した。

「こんな美味しい物を食べ……だの初めてです」

「おいおい、泣くなよ。ほら、これで拭け」

「ルーカスざん、ありがどうございまず」

「しかし本当にこんなお菓子は初めてです。菓子自体は食べた事があったが、この濃厚なベイクドチーズケーキや、しっとりしたパウンドケーキ。ジョーさんは凄いですよ」

ルーカスさんに褒められたジョーが言葉を濁した。


「二人ともお疲れさまでした。それでは、別室で協議をします。候補者の二人はそのままここで待機をお願いいたします」

商業ギルドの厨房を出て隣の会議室にはいり、ミカエルさんがジョーに礼を言う。

「ジョー様、長い時間お疲れ様でした」

「いや、料理人との会話は楽しいので大丈夫ですよ」

一緒に作業をしたジョーに候補の二人についての率直な意見を聞く。

「そうだな。キャンベルは仕事も丁寧だしよく指示に従うが、仕事にまだ自信がなさそうだ。ブラウンは総括には合っていると思ったがミリーはどうだ？」

「ブラウンさんの以前の職場、フィット男爵家が気になるかな」

ジョーが首を傾げて尋ねる。

「誰だそれ？」

「前に蜂蜜を買いに行った時に使用人を叩いていた貴族だよ。あれがフィット男爵だよ」

「あー、アイツか。よく名前まで覚えていたな」

人に対してあんな扱いをしていた人物を忘れられるはずがない……と言いながら今まで名前を忘れていた。履歴書に書いてあるのを見て思い出したのだ。

(明らかに運動不足男爵なのに、フィット男爵って……)

「あの男爵については確かにいい噂は聞きません。実はブラウンさんは男爵家から暇を出されているようです」

「そうなんですか?」

ミカエルさんの情報では、ルーカスさんの妻もフィット男爵家の使用人だったらしい。その人が男爵の息子に目を付けられたために、ルーカスさんたちの方から男爵家を去ったらしい。

「貴族の体面上、男爵が暇を出した事になっています。そのせいで、ブラウンさんはなかなか次の就職に苦労しているようです」

男爵が嫌がらせしているのかと思いきや、貴族の家をクビになるという事は、信用できない人物というレッテルが貼られるのと同じだと説明を受けた。理不尽すぎ!

「それは、ブラウンさん一家は災難でしたね」

「フィット男爵家との関係から、今回、彼を推薦する事を迷いましたが、口が固く料理人としても大変優秀でしたので最終候補まで残しました」

「そうなんですね。私は男爵家との経緯を知った後でも彼がいいと思います。ただ、キャンベルさんも雇いたいです。可能でしょうか?」

ミカエルさんには総括料理長よりも給与を下げるのであれば問題ないが、何故レイラさんを雇いたいのかと聞かれる。

「お持ちの調理器具が大変清潔でしたので」

「そ、そうですか。畏まりました」

「あ、そうでした。その提案に借金の立て替えも入れてください。最近、借金取りに会う機会があり、とても気味が悪かったので関わりたくないと思っています。給料天引きで少しずつ返していただければ大丈夫ですから」

ミカエルさんが、記入していたペンを止め、顔をあげる。

「木陰の猫亭に借金はないですよね？」

「ああ、俺の店の従業員の親父だ。難癖つけようとしたが大人しく帰って行った。それ以来見かけていないから諦めたんだろう」

「ネイト・スミスですか？　彼自身には現在借金はないようですのでご安心ください。借金取りも慎重です。木陰の猫亭やネイトからは回収不可と判断したのでしょう」

あれ、今の言い方って変だよね？

「雇った後もネイトを調べていたんですか？」

「ギルド長は心配性なんですよ」

爺さん……ブレないな。

「ミリー様、それではルーカス・ブラウンを総括料理長に、レイラ・キャンベルを副料理長でよろしいですか？」

「はい。それでお願いします」

「それではそのように交渉いたします。その前に、ギルドへの運営委託について、契約書の確認とサインをお願いします」

そういえば、契約書とかサインしてなかったね。ミカエルさんに渡された契約書をじっくりと確認する。事前に話し合った通りの委託内容だ。念のため、契約書の裏も確認する。東商業ギルドのサインと担当のミカエルさんのサインは既に記入済みだ。

「こちらの羽ペンで署名をお願いいたします」

出てきたのは、羽ペンと押しピンのような針が付いている小さな皿。何これ？

押しピンをジッと見ているとミカエルさんが説明する。

「失礼しました。通常の契約書はただの署名のみですが、守秘義務などの重要な契約書には血の署名を要する魔法契約書が必要です。こちらの契約を破りますと重罪になりどこにいても拘束されます。心配しなくても契約の内容を破らなければ大丈夫ですから」

（どこにいてもって、まさにＧＰＳ）

ジョーに確認するが、ジョーも血の契約書については特に驚いていない。

命に関わる事じゃないから大丈夫なのかな？　契約内容を守れば問題ない、はず。

「それではこちらの針を指に刺して皿に血を流し、その血で契約書に羽ペンで署名してください」

ミカエルさんが何も問題ないとでもいうような、清々しい顔で血と言うワードを連発する。皿の上の押しピンを見る。キランと針が光る。ぐぬぬ。

「怖いなら、父さんがミリーに見えないようにブスっとしようか？」

「……大丈夫。自分でする」

針をクリーン。目をぎゅっと閉じる。よし！　いきます！

「痛ぁぁぁぁぁぁ」

「おい！　ミリー！　何やってんだよ！　誰が手の平を思いっきり針に刺せって言った！　指一本で十分だろ！」

目を開けると皿の上にも周りにも血がスプラッターしてる。あー、やってしまった。おててが痛い。こっそりヒールを掛けようと顔を上げるとミカエルさんが驚いた表情ですぐに手を確認した。

「出血は多いですが……これなら大丈夫です」

ミカエルさんが集中しながらヒールを唱える。傷はまだ少し赤いものの塞がっている。

「……ミカエルさん、白魔法使いだったのですか？」

「……ええ。この事は、あまり口外しておりません。魔力は少ないので、完全には治療できませんでしたが、お大事にしてください」

ジョーもミカエルさんの白魔法には目を見開いたが、その事は特に何も触れずに私の手を確認してミカエルさんに礼を言う。

次回は気を付けてくださいと苦笑いしながら、ミカエルさんが署名用のペンを手渡ししてくる。

「はい。ごめんなさい。次回の針ブスはお父さんに頼みます」

「そうですね。署名後、すぐに魔法が発動します。契約書から手を離してください」

羽ペンに血を付け名前を間違えないようにサイン、契約書から手を離す。

契約書は白く光ったと思ったらブラックホールのような空間に吸収されていった。

(急に凄いファンタジーが出た)

「契約書はどこに消えたんですか?」

「契約書自体は魔法で消滅しますが、契約の内容はギルドの記録書に刻まれています。解除するまでは契約は有効です」

契約内容を破るつもりはないけど……急なハイテクファンタジーに驚きが隠せない。

委託の契約書の締結の次は料理人の雇用の契約書。

「以前お話ししました通り、ルーカス・ブラウンへの待遇は総括料理長として月給小金貨一枚が妥当だと思います。いかがでしょうか?」

「その金額で大丈夫ですが、それ以外に雇用条件をいくつか考えています。これは総括料理長のみではなく従業員全員に適用をお願いします」

考えていた雇用条件をミカエルさんに相談するとやや訝(いぶか)しげな表情で長考した。

「そこまで優遇する職場は聞いた事がありません。ですが、ミリー様の希望ですのでその内容で候補者に提示させて頂きます」

雇用の契約書の内容が決まった。ミカエルさんはやや納得はしていないが私の意向を尊重してくれた形になった。

先程の商業ギルドの厨房の一室に戻ると、この時間に打ち解けたようで、レイラさんとルーカスさんが二人で雑談をしている。

二人には総括料理長が決定した事を伝え、それぞれ個別に結果の詳細を知らせる。

レイラさんを連れて別室に戻り、ルーカスさんには部屋の外で待機してもらう。ミカエルさんとジョーが並んで椅子に座り。私は奥の席に座った。

ミカエルさんが主導で話を進める。

「キャンベルさん、率直に申し上げますと、貴方については総括料理長としてではなく副料理長として雇いたいと考えています。いかがでしょうか？」

レイラさんは少し迷ったように答える。

「とてもいい経験が積めそうなので雇っていただきたいですが……」

どうやらレイラさんは一人で家族を養っているようで、給与の額が気になっているようだ。

「給与は月給銀貨七枚です。それから、現在の借金の立て替えも雇用条件に含まれます。利子なしで給与から少しずつ返済する条件でオーナーも合意しております」

「借金の立て替えですか⁉」

レイラさんが急に立ち上がり声をあげる。

「はい。それから、週二回の休み付きという破格の条件です。営業時間等は未定ですが、お店の夜の部はございません」

「二日もですか？」

信じられないという表情でミカエルさんにもう一度条件を確認するレイラさん。

「ええ。私もこの条件には驚いていますが、オーナー様の意向で週一回のお店の定休日、それから一日を調整し、週二回の休みとなります。いかがですか？」

キュと姿勢を正し、レイラさんが雇用条件を受け入れる。

「副料理長として、一生懸命頑張ります」

「受けていただきありがとうございます。それではキャンベルさん、後ほどまたご連絡しますので今日はお帰りください。本日はありがとうございました」

レイラさんが退室、次にルーカスさんが入ってくるが表情が暗い。

「ブラウンさん、本日はお疲れ様でした。オーナー様とも相談して、ブラウンさんを総括料理長として雇いたいという事ですがいかがでしょうか？」

「へ？　あ、はい！　もちろんです！」

キョトンとしたルーカスさんをそのままに、ミカエルさんが条件の説明に移る。

「条件は月給小金貨一枚、定休日を含む週二回の休み、それから契約による守秘義務の遵守です」

「週二日休みで小金貨一枚？　もちろん、守秘義務については問題ありませんが……その条件で大丈夫ですか？」

この国で完全週休二日制は……ないのだろうね。ネイトだってほぼ毎日働いている。ジョーは朝夕を休みにしたり長い昼休みなどをあげたりして従業員に気を使っているだけマシなほうだと思う。

毎日の労働は効率の悪さもだけど、仕事への意欲も削がれて長い目で見ると損だと思っている。

それに疲れたゾンビ集団に厨房をウロウロしてほしくない。疲れていると失敗も多くなる。失敗して菓子を無駄にするのは私の中で最上級の罪だ。本当は働いた時間に応じて有給休暇も考えていたのだが……いきなり色々出し過ぎても困惑するだけだろう。追々小出ししていこうと思う。

「はい、その条件で契約させて頂きたいと思っております。ですが――」

ミカエルさんの声のトーンが変わった事でルーカスさんの背筋が伸びる。

「オーナー様は商業ギルドにお店の運営を委託されております。レシピはオーナー様からの提供となっておりますが、総括料理長以外にはオーナーの素性を伏せるのが条件です。他の従業員はもとより、ご自身のご家族にもオーナー様に関しては他言しないよう契約していただきます」

それでも、契約するかと問われたルーカスさんは即答した。

「もちろん契約させていただきたいです」

ルーカスさんは細かい説明を受け、契約書にサインをした。先ほどと同じで契約書がブラックホールにバキュームされていく。やっぱり不思議だ……

契約が終了するとルーカスさんが安堵のため息を漏らす。

「レイラさんが満面の笑みで退室したから、俺はダメだと思っていた」

「キャンベルさんは副料理長として契約させていただきましたので、今後は貴方の部下という事になります」

「そうですか。レイラさんとは上手くやれそうなので安心です」

「それでは、早速オーナー様に会ってもらいます。ミリー様、どうぞ」

どうぞと言われたので、ジョーとミカエルさんの間にちょこんと座って帽子を取る。

何が起こっているか分からないルーカスさんの顔がハテナだらけになる。

「オーナーのミリアナ・スパークです。以後よろしくお願いします」

「え？」

「ルーカスさん、こちらがペーパーダミー商会会頭兼、あなたが総括料理長を務める菓子屋のオーナーであるミリアナ・スパーク様です」

「へ？　は、はい。よろしくお願いします？」

まだ状況が掴めていないルーカスさんがジョーを見て助けを求める。

そうだよね。こんなちびっ子がオーナーだと言われてもね。

「ルーカス、ミリーは俺の娘だ。だが、菓子のレシピは全て正真正銘ミリーの発案だ。会頭の座も受け継いだものじゃない。ミリーが自ら築いた地位だ」

いい感じに説明しているけれど……正確には『勝手に地位を登録され、それをしばらく教えてもらえなかった会頭』だからね。

「ブラウンさん、私はまだ幼い身ですので戸惑われるかと思いますが、お菓子に関しての情熱は誰よりもあると自負しております。ブラウンさんにもオーナーとして認められる様に精進していきますので長い目で見て頂ければと思っております」

「い、いや。俺は貴方の従業員なので俺に謙(へりくだ)らないでください」

「そんな事ありませんよ。私は命令するだけのオーナーになる予定はございません。ブラウンさん

にはある程度しっかりと自分の意見を言ってもらえるよう、期待してますよ」

「そ、そうですか……分かりました。ミリアナ様、よろしくお願いします」

「ミリーで結構です。様付けは距離を感じますので、ね？　ミカエルさん」

「……ミリー様、しかし――」

「無理にとは言いませんよ。ブラウンさんも可能ならミリーと呼んでください。ミリーちゃんでもいいですよ」

「……人前ではミリーちゃんと呼びます。俺の事はルーカスと呼んでください」

「はい、ルーカスさん。あ、でも……今後はこの格好で会う事が多いと思います。その時は商業ギルド見習いのジェームズですので、名前は呼び捨てでお願いします」

「は、はい。ジェームズ」

咄嗟（とっさ）に浮かんだ、ジェームズという偽名を名乗る。正直、ルーカスさんはまだ困惑しているようだ。それでも、仕事に対する期待のほうが勝ってるようだ。

「それでは、今後の詳細については後日、話をさせて頂きますので今日は一旦お帰りください。本日は長い時間ありがとうございました」

料理人も確保できた。下働きや他の従業員の雇用は、ミカエルさんとルーカスさんに任せれば大丈夫だろう。三人でギルド長の爺さんの執務室に戻る。

「どちらとも雇う事にしたのか？　お主らしいな」

「ミカエルさんのおかげでスムーズに決まりました」

「そうであるか……」

爺さんが自分の肩を触りながら疲れた顔をする。

「ギルド長、お疲れですか？」

「疲れてはおらん」

「そうですか。じゃあ肩を揉みましょうか？」

爺さんの許可を取らずに勝手に椅子を登り、爺さんの肩をいつかのジョーを揉んだように白魔法を加えながら揉む。

「な、こら。勝手によじ登るでない。な、なんだこれは、気持ち良い。疲れが取れて行くな」

「あ、やっぱり疲れてたんじゃないですか」

爺さんの肩は鉄のように硬かったので魔力増しのヒールを入れながらモミモミしてあげた。肩揉み中に爺さんが寝てしまったのでミカエルさんに挨拶(あいさつ)してジョーと家に帰った。

エピローグ

「お母さん、ただいまー。あれ？　いない？」

商業ギルドからジョーと一緒に猫亭に帰り、表に居るはずのマリッサを捜す。

「二人ともおかえりー」

厨房から頬に赤いソースを付けたマリッサが笑顔で出迎えてくれる。

マリッサが厨房にいるのは珍しい。

「あれ、頬どうしたの？」

「あら、いやだわ。頬にも付いてしまってたの？」

笑いながら顔に付いたソースを、クリーンと唱え綺麗にするマリッサ。よく見れば、エプロンにも小麦粉のような汚れがたくさんついていた。

「マリッサ、まさか料理をしたのか？」

ジョーが驚きながら尋ねる。

（マリッサが料理？）

二人に引き取られてこのかた、マリッサが厨房に立つ姿は数えるほどしか見た事がない。マリッサがたまに調理する姿といえば、野菜を潰したり混ぜたり載せたり……

「そうなのよ。久しぶりに腕を振るおうかと思って。いろいろとお祝いも兼ねてね」

マリッサがはにかみながら言う。

ちょうどお腹も空いていたから嬉しい。ジョーを見上げると、とんでもなく気まずい表情で唾をのんでいる。

(え……まさか)

ジョーにこっそり耳打ちをする。

「お母さんって、もしかして料理できないの？」

「い、いや。そうではないんだが……」

ジョーが歯切れ悪く答える。どうやら料理音痴ではないようだ。三人で話している間に厨房から何かが燃える臭いがした。

「あれ？　お母さん、なんか焦げ臭いよ」

「あ！　パイだわ」

マリッサが急いでオーブンから「少し焦げちゃった」と言いながらパイを取り出す。

オーブンから登場したパイを見て目が丸くなる。

「お、お父さん。あのパイから飛びだしているのは人参なの？」

「あ、ああ……」

マリッサのパイから飛びだす角のような人参を凝視する。少し焦げた分、パイのビジュアルは鬼のように見える。魔王だ。魔王パイ。

「角兎よ。ちょっと失敗しちゃったけれど」

マリッサが嬉しそうに言う。裁縫の兎はあんなに可愛いのに……私の刺繍と同じで不得意分野に癖があり過ぎる。

「ミリー、大丈夫だ。味は美味しいはずだ」

ジョーが自分自身に言い聞かせるように私を説得する。

「お父さんが最初に食べるんだよね？」

「も、もちろんだ」

厨房に広がる匂いは普通に美味しそうなシチューパイなんだけどビジュアルが……。もちろんジョーが食べた後に食べるよ。ジョーの反応を観察してからだけど。

四階に上がるとマルクがジークと遊んでいた。

「マルクも一緒にパイを食べましょう」

「わー……い。お、おいしそう！」

マリッサが手元にあったパイを見せると、喜びから瞬時に恐怖の顔でパイを見つめたマルク。それでも、誉め言葉を振り絞った。マルク、頑張ったね。

ジークはパイを見ながら「うしゃしゃん」といっているので、彼にはこれが兎だと伝わっているようだ。

「さ、食べましょう」

マリッサが鼻歌を歌いながらパイを切り分けて行くと、土台を失った人参がボトッと皿に倒れたのでジョーを見上げる。

「この人参は俺が食うからな」

角人参さえなければあとは少し表面が焦げただけのパイに見える。

ジョーが最初の一口を食べるのをマルクと共に息を止め見つめる。パクリと一口パイを食べたジョーの目が大きくなる。

「ん。マリッサ、美味いな。前よりもコクが足されて腕を上げたな」

ジョーの表情に嘘はなさそう。マルクと視線を交わし、同時にパイを口に入れる。

――あ、普通に美味しい。

「お母さん、美味しいよ！」

「本当？　良かったわ」

頬に手を付けマリッサが満面の笑みを披露する。マルクも驚いた表情でモグモグと食べているので美味しかったのだろう。

ジークもマリッサにフーフーしてもらい少しだけパイを口にすると、もっと欲しいとおねだりする。

「もう、ジークは食いしん坊ね」

ジークをあやしながらマリッサが笑うと、ジョーがジークに向かって腕を広げる。

「パパのところに来い」

「パー」

ジョーに高い高いをされたジークがきゃうきゃうと楽しそうに声を上げる。ジーク、本当に楽しそうだ。

ジークが落ち着きウトウトし始めたところでパイのおかわりをする。

「お母さん、おかわり！」

「マリッサ、俺も頼む」

「二人とも食いしん坊ね。ネイトとケイトの分はちゃんと残すのよ」

ジョーと声を合わせ返事をすると、テーブルにいた全員が笑う。

今日は、マリッサが厨房にほぼ入らない理由が分かった。見た目が全てではないが、さすがにあのビジュアルの料理を食堂では出せない。でも、これからもたまにはマリッサの料理を食べられればいいな。

新＊感＊覚　ファンタジー！

レジーナブックス Regina

ヒロインなんてお断りっ!?

うそっ、侯爵令嬢を押し退けて王子の婚約者（仮）になった女に転生？

～しかも今日から王妃教育ですって？～

天冨（あまとみ）　七緒（なお）

イラスト：七月タミカ

気が付くと、完璧な侯爵令嬢から王太子の婚約者の座を奪いとった子爵令嬢になっていた私！　子爵令嬢としての記憶はあるものの、彼女の行動は全く理解できない。だって、人の恋人を誘惑する女も誘惑される男も私は大嫌い!!　それは周囲の人間も同じで、みんな私にも王太子にも冷たい。どうにか、王太子の評判を上げ、侯爵令嬢との仲を元に戻し、穏便に退場しようとしたけれど——!?

詳しくは公式サイトにてご確認ください。

https://www.regina-books.com/

携帯サイトはこちらから！ 

義兄が離してくれません!!

記憶喪失になったら、義兄に溺愛されました。

せいめ
イラスト：ひづきみや

婚約者の不貞現場を見たショックで自分が前世、アラサー社畜だった記憶を思い出したレティシア。家を出ようと決意するも、焦って二階のバルコニーから落ちてしまう。十日後、目覚めた彼女は今世の記憶を全て失っていた……優しい両親、カッコよくてとびきり優しい兄。お金持ちの家に生まれ、自分の容姿も美少女に！　これから楽しい人生を送るのだと思っていたところ、兄が自分に過保護すぎる扱いをしてきて⁉

この作品に対する皆様のご意見・ご感想をお待ちしております。

おハガキ・お手紙は以下の宛先にお送りください。

【宛先】

〒150-6008 東京都渋谷区恵比寿 4-20-3 恵比寿ｶﾞｰﾃﾞﾝﾌﾟﾚｲｽﾀﾜｰ 8F
（株）アルファポリス　書籍感想係

メールフォームでのご意見・ご感想は右のＱＲコードから、
あるいは以下のワードで検索をかけてください。

ご感想はこちらから

本書は、「アルファポリス」（https://www.alphapolis.co.jp/）に掲載されていたものを、改稿、加筆のうえ、書籍化したものです。

転生(てんせい)したら捨(す)てられたが、拾(ひろ)われて楽(たの)しく生(い)きています。2

トロ猫（とろねこ）

2023年 4月 5日初版発行

編集－飯野ひなた
編集長－倉持真理
発行者－梶本雄介
発行所－株式会社アルファポリス
〒150-6008 東京都渋谷区恵比寿4-20-3 恵比寿ｶﾞｰﾃﾞﾝﾌﾟﾚｲｽﾀﾜｰ8F
TEL 03-6277-1601（営業） 03-6277-1602（編集）
URL https://www.alphapolis.co.jp/
発売元－株式会社星雲社（共同出版社・流通責任出版社）
〒112-0005 東京都文京区水道1-3-30
TEL 03-3868-3275
装丁・本文イラスト－みつなり都
装丁デザイン－AFTERGLOW
（レーベルフォーマットデザイン—ansyyqdesign）
印刷－中央精版印刷株式会社

価格はカバーに表示されてあります。

落丁乱丁の場合はアルファポリスまでご連絡ください。

送料は小社負担でお取り替えします。


ISBN978-4-434-31787-3 C0093